Karl Friedrich Bahrdt

Leben und Taten des weiland hochwürdigen Pastor Rindvigius

Karl Friedrich Bahrdt

Leben und Taten des weiland hochwürdigen Pastor Rindvigius

ISBN/EAN: 9783743621183

Hergestellt in Europa, USA, Kanada, Australien, Japan

Cover: Foto ©Raphael Reischuk / pixelio.de

Manufactured and distributed by brebook publishing software (www.brebook.com)

Karl Friedrich Bahrdt

Leben und Taten des weiland hochwürdigen Pastor Rindvigius

Leben und Thaten

des weiland hochwürdigen

Pastor Rindvigius.

━━

Ans Licht gestellt

von

Kasimir Renatus Denarrée.

━━

Herausgegeben von Dr. Otto Mausser.

Ochsenhausen
auf Kosten der Familie
1790.

Inhaltsanzeige.

4

Vorrede.

Ich übergebe dem hochgeneigten Leser hiermit die höchst=
merkwürdige Geschichte des weiland hochwürdigen,
in Gott andächtigen und Hochgelahrten Herrn, Herrn Ma=
gister Friedrich Rindvigius, Pastoris Primarii in Gänse=
furth und Mitinspektoris der Fürstlich Hirtenfildingischen
Schulen, welche ehedem der Rathmann Ziegenbart in Gänse=
furth meinen seligen Vorfahren übersendet hat, und von
selbigen in hiesiger Parochialkirche unter den thesauris Bib-
liothecae manuscriptis aufbewahret worden sind.

Mein erster Wunsch bei der Herausgabe dieses Werks
war, das Andenken des seligen Mannes zu verewigen und
seine Verdienste, die er sich um die Erhaltung und Be=
schützung der reinen Lehre erworben hat, und welche seine
etwanigen, aus menschlicher Schwachheit entsprungenen Fehl=
tritte unendlich überwiegen, der unpartheiischen Welt zur
Bewunderung und Nachahmung vor Augen zu legen.

Anbei aber wollte ich auch zugleich allen in unsern
höchstbedenklichen Zeitläuften noch immer sehr überhandneh=
menden Ir= und Freygeistern, welche die vermaledeite und

1

2

durch Adams Fall ganz vergiftete Vernunft über Gottes
Wort und die Ordnung christlicher Kirche erheben, und den
leidigen Socinianismus, Naturalismus und Indifferentismus
(sowohl subtilis als crassus) verbreiten — ein recht ein=
bringliches Beispiel in des hochgelahrten Rindvigius Ka=
plane vor Augen legen, damit Sie an demselben sehen und
lernen möchten, welche Strafgerichte Gottes über alle Ver=
ächter seiner Kirche hereinzubrechen pflegen; und sie gegen=
seitig zu warnen, daß sie nicht durch das ohngefähre Glük,
welches der langmüthige Gott dem freygeisterischen Weiß=
mann am Ende noch erleben ließ, bewegen lassen, auf ihren
bösen Wegen zu beharren und auf Gnade loszusündigen.

Schlüßlich merke ich noch an, daß ich, nicht der hoch=
berühmte und sehr verehrungswürdige Verfechter der reinen
Lehre bin, der in Dessau sein Glaubensheldenpanir auf=
geschlagen hat, (denn der schreibt sich ja mit einem m;)
sondern ein anderer, meinem hochgeneigten Leser zwar unbe=
kannter, aber im Himmel wohl angeschriebner

Seines hochgeneigten Lesers

Ochsenhausen
den I. December
1790.

Dienstwilligster Fürbitter bei Gott
Kasimir Renatus Denarrée,
Oberpastor zu Ochsenhausen.

Inhaltsanzeige

des ersten Bandes.

———

1*

4

Pastor
Rindvigius.

Des Helden Herkunft und merkwürdige Geburt.

In Ochsenhausen, einem Dorfe im Oberfürstenthum Hirtenfildingen lebte ein armer Kossate, Namens Johann Kasper Rindvigius. Seine Gemahlin hieß Sibilla Barfusius. Beide Eheleute waren aus dem geistlichen Stande. Der Vater der Sibilla hatte als Schulmeister in Ochsenhausen gestanden, und des Kaspers Vater war ebenfals Schulmeister und Kantor in Schaflingen gewesen, welches eine halbe Stunde davon lag. Beide respective Väter hatten als Diener der Kirche sich eifrig bestrebt, unter den geringen Haufen der Layen sich auszuzeichnen und die Würde ihres Standes zu behaupten. Und dieses edle Beginnen war unter andern dadurch zur Vollkommenheit gediehen, daß sie ihren beiderseitigen Namen lateinische Endungen gegeben, und sonach diese unverkennbare Merkmahle der Gelehrsamkeit auf ihre Nachkommen fortgepflanzt hatten.

Kasper Rindvigius zeugte gleich im ersten Jahre seiner Ehe, mit seiner Sibilla einen Sohn, der schon im siebenden Monate zum Vorschein kam, und mit Mühe und Noth vom damaligen Konsistorio, gegen Erlegung einiger fetten Truthähne, einen Freypaß erhielt. Auf dieses Angstkind folgten noch zwey, und damit machte der alte Kasper im Ehegeschäfte — sein Punktum.

Es hatte nehmlich der Durchlauchtigste Fürst von Hirtenfildingen nicht nur das Eigenthumsrecht über Land und Leute, was alle europäische Fürsten haben, und wenn der

Er bekam von seinem Nachbar Kunz einen Gevatter-
brief und wurde mit seiner spröden Gemahlin feierlich zum
Kindtaufen eingeladen. Bei diesem Feste wurden beide Eheleute, theils durch die fröhliche Gesellschaft, die sich da
versammlet hatte, theils durch das gute Doppelbier, welches
der Kindtaufenvater ströhmen ließ, so vergnügt, daß schon
beim Abendessen, unter dem Tischtuche, kleine Nekereien
vorfielen und — bey der Nachhausekunft, wo Kasperchen
und Sibillchen schier beide von ihren Sinnen nichts mehr
wusten — das ganze Drama der Hochzeitnacht bis auf
den letzten Akt durchgespielet wurde.

Vierzig Wochen nach diesem Hergange zeigten sich die
erwünschtesten Folgen. Es kam ein Knäblein zur Welt,
welches den Namen des verstorbnen erhielt, und beide Eheleute durch die sonderbarsten Zeichen künftigen Glücks in
die innigste Freude versetzte.

Das Kind hatte eine ganz seltsam eingedruckte und
kurze Stirn aus welcher die Hebamme so wohl als alle Nach-
baren und Gefreundtinnen einen großen Verstand weis-
sagten. Der Mund war so ungewöhnlich dick und breit daß
jederman, der sich nur ein wenig auf Physiognomik verstand,
den künftigen großen Redner und Hersteller der geistlichen Würde seiner Familie ahnden mußte. Endlich fanden sich,
bey fernerer Untersuchung, ein paar ungemein schöne Ohren,
die man von solcher Länge bey keinem Jungen im ganzen
Dorfe gesehen haben wollte: und alle Welt urtheilte daraus,
wie natürlich, daß Friz bereinst ein reicher Mann werden
und dabey ein ausserordentliches Talent erlangen würde,
den Klang des Geldes von weitem zu vernehmen, und dadurch arme und reiche Beichtkinder schon in der Ferne
zu unterscheiden.

Zwar wollte ein junger Kandidat aus der Residenz,
der eben den Sonntag für den Herrn Pastor im Ochsenhausen
geprediget hatte, wo Frizchen getauft wurde, diese Zeichen

verdächtig machen und die hocherfreuten Eltern durch gegen=
seitige Deutungen beunruhigen. Aber der Schulmeister nahm
sich gewissenhaft des Kindes an, und holte, da der nase=
weise Herr Lateiner über die Physiognomik des Kindes
lange genug philosophirt hatte, den Hauskalender herbei
und donnerte mit einem: Halt, ich will euch gleich alle
zurechtweisen! — die ganze Gesellschaft mit samt den Kan=
didaten zum Schweigen. — Jetzt hört, schrie er, ich wills
euch vorlesen!

„Kinder in diesem Monate geboren, werden feisten
„und fruchtbaren Leibes, gelangen zu großem Ver=
„stande, sind glücklich im Heirathen, haben große
„Versuchungen reich zu werden, sollen sich vor
„hohen Ehrenstellen hüten.

Da seht ihrs, daß die Zeichen richtig sind. — Auf
diese Rede des Schulmeisters erfolgte ein allgemeines Hände=
klatschen. Die Kindmutter holte Frizchen sogleich aus der
Wiege, ließ jeden Gast das Kindlein küssen, machte drey
Kreuze über dasselbe, und legte es sodann wieder in seine
Betten, um es nicht aus dem Schweisse kommen zu lassen.
Der Herr Kandidat verstummte. Denn in Hirtenfildingen
galt Bibel, Gesangbuch und Kalender mehr als alle Philo=
sophie.

Frizens erste Talente.

Friz ward wirklich ein ausserordentliches Kind, und es bestätigte sich an ihm, daß man die Kalenderaussprüche nicht so ganz verachten soll. Er lernte zwar vor dem vierten Jahre nicht sprechen, aber destomehr handeln. Und aus sehr vielen seiner Thaten leuchtete ganz augenscheinlich der große Verstand durch, welchen die Kindmutter ihm geweissagt hatte.

Seine Hauptkraft war die, seiner Kinladen und seines Magens. Noch nicht sechs Vierteljahr alt zermalmte er schon die stärksten Stücken Kommisbrod, welches die Eltern von der Garnison kauften. Und anderthalb Pfund dieser Nahrung vermochte er von früh bis Abend zu konsumiren: wobei ihm doch noch dreymal des Tages eine substantiöse Mehlsuppe gereicht werden mußte.

Sein erfinderischer Geist zeigte sich schon im zweyten Jahre, wo er anfieng die Nahrungsmittel zu stehlen, welche ihm die Hände seines strengen Vaters nicht reichlich genug zufliessen liessen. Der kleine Friz schnitt sich Löcher in seine Kappen oder Juppen und, wo er ein Stück Brod, oder Käse, oder des etwas habhaft werden konnte, ließ ers in die Löcher spaziren, und schlich davon.

Noch weit größer aber erschien sein frühreifender Geist, in den Methoden, diejenigen zu züchtigen, die seine Superiorität nicht anerkennen wollten. Er hatte nicht nur sehr bald, von den glücklichen Wirkungen des Schreiens, sich die Regel abstrahirt, daß man die Mutter damit nöthigen könne, nach seiner Pfeiffe zu tanzen, zumal wenn er sich ausser sich stelle und die Töne bis zum kirschbraunwerden des Gesichts herauspresse; sondern er erfand sogar Mittel, an dem über= mässig strengen und hizigen Vater das Wiedervergeltungs= recht auszuüben, indem er ihm jeden Ausbruch seiner Hize auf irgend eine Art zu vergällen wußte.

Als Junge von drey Jahren steckte er einmal den Grif der Ruthe, welche der Vater hinter der Bank liegen hatte, in das Privet, legte sie, so besalbt an ihren Ort, und fing dann auf der Stelle an, die Mutter mit solchem Ungestüm in Oden zu sezen, daß der Vater genöthiget werden mußte, nach der Ruthe zu greifen und sie — statt den Jungen damit zu hauen, mit Schauder und Ekel aus der Hand zu werfen.

Ein andermal bestrafte er den Vater auf eine emp= findliche Art für einen Fehler, den Friz schier alle Tage mit dem Stocke büssen muste. Nehmlich er schaukelte gern mit seinem kleinen Stuhle, und war so oft mit ihm um= gestürzt, daß der Vater schlechterdings beschlossen hatte, ihm das Schaukeln abzugewöhnen. Da aber nun der Vater selbst zuweilen schaukelte, wenn er abends seine Pfeiffe rauchte und seinen Gedanken Audienz gab, so erwählte Friz ein Mittel, den Vater für das Schaukeln härter, als er ihn, zu züchtigen, welches er von ihm selbst gelernt hatte. Er nahm das Eisen, dessen sich der Vater zuweilen bediente, ein Loch in ein Holz zu brennen, legte es, da beide Eltern früh auf der Arbeit waren, in den Ofen und durchfitschelte oberhalb mit den glühenden Eisen, die hintern Bankbeine von seines Vaters gepolsterten Schemmel so, daß sie die Last eines Menschen nicht mehr zu tragen vermochten. Des Abends nun da der Vater sich sezte, seine Pfeiffe zu stopfen, fieng Friz an zu schaukeln, ließ geduldig sich dafür durch= hauen, und stellte sich an den Ofen, um an der zubereiteten Rache seine Augen zu weiden. Es dauerte auch nicht lange, so begann der Herr Papa zu gähnen, sich zu strecken und

endlich — zu schaukeln. Und mit dem zweyten Zurück=
biegen knackten die Hinterbeine und Papa Kasper schlug
hinterwärts mit dem Kopfe an eine Schrankecke, daß ihm
das Blut strohmweise an dem Kopfe herablief.

Bald darauf bekam seine Mutter so böse Augen, daß
ein Feldscheer ihr zu spanischen Fliegen rieth. Friz hörte
die Wirkung des Pflasters beschreiben, stahl dem Feldscheer,
da er mit der Mutter beschäftiget war, seinen Vorrath, und
sparte ihn zur Züchtigung des Vaters. Bei den ersten
Prügeln, mit denen dieser das Muttersöhnchen heimsuchte,
legte Friz ein großes Stück dieses Pflasters, breit gedruckt,
ins heilige Ehebett seiner lieben Eltern und zwar gerade
auf den Ort, wo der Herr Vater zu liegen pflegte. Früher
als gewöhnlich erwachte der Vater und — Friz. Jenen hatte
der Schmerz diesen die Neugierde geweckt. Der Vater klagte
über ein schreckliches Brennen am Hintern. Die Mutter
stellte eine Besichtigung an. Die ganze Fläche war entzündet
und voller Blasen. Man entdeckte auf dem Bettuche das
Pflaster. Der Vater beschuldigte die Mutter, daß sie aus
Nachlässigkeit das Pflaster auf dem Bette habe liegen lassen
und warb, ohngeachtet die gute Frau ihre Unschuld betheuerte,
so aufgebracht, daß er Sibilchen bey den Haaren aus dem
Bette zog und unbarmherzig zerprügelte. Und Friz freute
sich im Stillen, daß der Vater einige Tage lang an eben
dem Orte gepeinigt wurde, an welchem er so oft des Vaters
Strenge hatte empfinden müssen.

———

Unvermuthete Entdeckung. Demosthenische Talente.

Im fünften Jahre erst lösete sich Frizens Zunge so, daß man wenigstens einige Worte verstehen konnte, durch welche sein hoher Geist sich auszudrücken begann. Und nun glaubte der Vater, daß es Zeit sey, den Jungen sich von Halse zu schaffen, welche Redensart in Ochsenhausen so viel sagen will, als, den Jungen in die Schule zu schicken.

Die Mutter zwar, welche ohne ihr Nesthäkchen, wie sie den kleinen Engel nannte, nicht eine Stunde leben konnte, und ihn sogar mit auf die Arbeit nahm, um mit den Augen wenigstens ihn zu geniessen, widersetzte sich des Vaters Entschluß aus dem triftigen Grunde, weil Friz noch zu jung sey, und daher gar zu leicht Schaden nehmen könnte, wenn das Köpfchen schon mit Lernen angegriffen werden sollte. Aber der Vater — ob er schon das Argument nicht zu widerlegen vermochte — welches er mit der Replik hätte prestiren können, daß in deutschen Schulen der Kopf der Kinder ja gar nicht beschäftiget wird — bestand hartnäkig auf seinem Vorsatze und bestimmte Frizen zur Schule.

Da der Tag kam, wo der neue Zögling dem Ochsenhäuser Philanthropin überliefert werden sollte, war Friz krank. Die Mutter sammlete daher alles, was ein Vaterherz erweichen kann, Bitten, Thränen, Fußfall — aber der Vater war unerbittlich. Er kannte schon den erfinderischen

Geist seines Herrn Sohnes und trug daher gar kein Be=
denken, die Krankheit mit den Ochsenziemer zu heilen. Das
Medikament that auch auf der Stelle seine Wirkung. Und
Friz brollte sich frisch und gesund nach der Schule.

Eine Stunde ohngefehr hatte Papa Kasper der Ruhe
genossen, welche ihm Frizchens Abwesenheit gönnte, als schon
der Schulmeister ans Fenster schlug und, bey Eröfnung
desselben, den lieben Goldsohn hereinschob. Da habt ihr,
sprach er ergrimmt, eure Bestie wieder. Der Junge brüllte
wie eine Furie und war überall voll Blut. Die Mutter sank
in Ohnmacht.

Aber ungerührt von dem Leiden des liebenswürdigsten
Kindes, besprach sich der Vater mit dem Schulmeister über
den Zusammenhang der Geschichte und erfuhr, daß Friz,
allen gütlichen und ernstlichen Versuchen zu Truz, nicht
dahin zu bringen gewesen wäre, einen Laut von sich zu
geben, und ein Auge zu eröfnen, da er ihm das A. B. C.
zeigen und die Buchstaben zum Nachsprechen hätte vorsagen
wollen: daß also, nach einem halbstündigen Aergerniß, zwey
große Jungens wären kommandirt worden, den Friz über=
zulegen, und vermittelst der Zerpaukung des Hintertheils
sein Vordertheil zur Sprache zu bringen: daß aber Friz, bey
der ersten Attake, des Schulmeisters Federmesser erhascht
und die beiden Jungens mit einer Menge leichter Wunden
bedeckt, endlich aber untergelegen und seine Strafe sechsfach
empfangen habe.

Jetzt hatte der Vater Kasper genug. Er entließ den
Schulmeister, brachte die Mutter aufs Bett, wusch seinem
Frizchen das fremde Blut ab, stellte ihn der Mutter, da sie
wieder zu sich kam, frisch und unversehrt unter die Augen,
ergrif darauf seinen Ochsenziemer, und karbatschte Frizchen
von seiner Stube an bis in die Schulstube. Und nun
konnte der Goldsohn auf einmal die Buchstaben erkennen und
nachsprechen.

Indessen wollte doch das erkennen und nachsprechen nicht anschlagen. Fritz war ein Jahr in der Schule und konnte noch nicht die ersten drey Buchstaben des Alphabeths selbst nachweisen. Was man ihm vorsagte, sprach er nach: aber wenn man ihm den eben nachgesprochnen Buchstaben anderweit zeigte und ihn fragte, was ist das? so wußte ers nicht.

Der Schulmeister zweifelte gänzlich an der Lernfähigkeit des Kindes, und alle Jungens im Dorfe hatten ihn schon zum Sprichworte gemacht, so, daß wenn einer dem andern Dummheit vorwerfen wollte, er ihm sagte: du bist wie Kaspers Fritz.

Der alte Kasper hatte seine eigne Meinung. Es ist nicht Dummheit oder wenigstens nicht Dummheit allein, sprach er, es ist auch Boßheit dabey. Und dieses Urtheil bewog ihn, alle Tage ein paar Buchstaben ihm abzufragen, wenn er aus der Schule kam, und mit einer Tracht Schläge es ihm zu vergelten, wenn er sie nicht wußte.

Der Mutter Harm bey diesem Schicksale ihres Lieblings war unaussprechlich, und sie flehte in ihrem Morgen und Abendsegen die Almacht Gottes an, daß sie die Leiden ihres Kindes enden und besonders die Schmach der Dummheit von ihm nehmen mögte. Und siehe, sie wurde erhört und sahe, gerade da Frizchen sechs Jahre alt war, die Weissagungen der Hebamme erfüllt.

Es war ein Sonntag, an welchem des lieben Nesthäkchens sechster Geburtstag einfiel. Sie beschloß, da sie ihren Morgensegen abgelegt hatte, das Kindlein dem Herrn zu weihen, und es zum erstenmal mit in die Frühkirche zu nehmen, um den Segen darüber sprechen zu lassen. Denn bisher hatte Fritz nur den Kinderlehren zuweilen beigewohnt.

Sobald Fritz, der während des Gesanges unaufhörlich gelermt hatte, den Priester auf der Kanzel erscheinen sahe, ward er auf einmal stockstille, und verwandte kein Auge von dem Redner. Er muckste nicht, so lange das Exordium dauerte. Da aber das Kanzellied begann, hub er an, unflätsch zu schreien, daß die Mutter vor Angst nicht wußte, ob sie bleiben oder mit den Jungen davon laufen sollte. Endlich fiel es ihr ein, Frizchen ins Ohr zu sagen, sey doch still, lieber Engel, der Priester wird gleich wieder anfangen zu predigen. Und siehe Friz wurde still und verlangte, auf den Sitz neben der Mutter in die Höhe gestellt zu werden. Die Mutter thats, und so wie der Prediger wieder sprach, war Frizzens Geist ganz auf Gottes Wort gerichtet. Er sahe unverwandt den Prediger an. Endlich fiengen seine Lippen an sich zu bewegen. Den Lippen folgten die Hände. Den Händen konformirte sich der Kopf. Und auf einmal öfnete sich auch der Mund und Friz — fieng an, wie ein kleiner Affe, einzelne Worte des Predigers nachzusprechen und mit seinen Gliedmassen eben die Bewegungen zu machen, welche er an dem Prediger wahrnahm.

. Was war natürlicher, als daß die Mutter diese Begeisterung ihres Söhnleins bemerkte und, wie Maria, alles was sie hier sahe und hörte, in ihrem Herzen behielt.

Bei der Rückkunft holte Mamma Rindvigius eine ungeheure Brodbamme, mit ihrem besten Pflaumenmuß bestrichen, und überreichte sie ihrem Frizchen mit einer Freudenthräne. Und Frizchen — kletterte augenblicklich mit der Bamme auf einen Schemmel, nahm die Lehne vor sich, wie wenn sie seine Kanzel wäre und fieng an, kauend zu tolpatschen und einzelne Worte aus der Predigt des Pfarrers mit der feurigsten Beredsamkeit zu deklamiren.

Die Mutter stand erstarrt vor ihrem Kinde und weinte, wie wenns die rührendste Predigt gewesen wäre. Der Vater kam dazu, sah den vollen Jungen mit Kopf und Händen sich bewegen und die seltsamsten Gesichtsverzerrungen machen, gerade wie sie der Herr Pastor auf der Kanzel zu machen pflegte. Die Menge der Worte, die Friz aus der Predigt wie=

derholte — (und — geschrieben steht — Gottes — wohl=
zuverstehen — Römern am sechsten — unser Herr Christus
— heutigen Evangelio — der Apostel Paulus — lesen
werdet — Vergebung der Sünden — sintemal — geliebten
Freunde — gestorben ist —) und — die Thränen der Mutter
rührten den alten Grisgram dergestalt und also, daß er Frizen
das erstemal in seinem Leben umarmte und seinen beflau=
mennußten Mund herzinniglich beküßte. — Herzensjunge,
schrie er, Gott hat dich zu seinem Dienste auserkohren.

Was jetzt die lieben Eltern empfanden und — gemein=
schaftlich über ihr Söhnlein beschlossen, wird der geneigte
Leser ganz gewißlich selbst errathen können.

IV.

Spuren des Genie's im Knaben.

Der Vater ließ den Schulmeister kommen und verlangte von ihm, daß er das Lesen, welches Frizen nicht in den Kopf wollte, bei Seite setzen und ihm bloß das Chri= stenthum vorbeten sollte. — Hans und Görge, sagte er, mögen nach der alten Leier fortlernen, aber mein Friz soll gleich geistlich studiren, denn Gott der Herr hat ihn zum Prediger bestimmt.

Der Gevatter schüttelte den Kopf, ließ sich aber des Vaters Willen, weil er seinen Starrsinn kannte, ohne Wie= derrede gefallen. Frizchen wurde in der Schule von allem dispensirt. Der Schulmeister betete ihn bloß Sprüche der Bibel, ingleichen aus dem Gesangbuche und, Fragen aus dem Katechismus vor und — was täglich ihm vorgebetet wurde, betete zu Hause der kleine Demosthenes auf dem Schemmel wieder nach und gab seinen lieben Eltern Erbau= ungsstunden.

Zwar war Friz nicht im Stande, alles zu behalten, denn der Schulmeister überhäufte ihn, weil er ein ungeheures Gedächtniß bey ihm verspürte. Aber man kann doch immer rechnen, daß er vier Fünftel von den vorgesagten Stücken wörtlich recitirte. Und das eine ausfallende Fünftel merkte man kaum. Denn es waren gerade nur die wenigen Worte und Zeilen, welche einen vernünftigen und moralischen In= halt hatten. Alles was entweder bloß sinnlich war, oder gar keinen Sinn gab, vornehmlich aber, was Hartherzigkeit, Rache, Ergrimmung u. d. andeutete, behielt er so vest, daß kein Wort ihm fehlte.

So konnte Friz zum Beyspiel Stellen von der Art mit einer bewundernswürdigen Schnelligkeit merken und wieder hersagen:

Wie grauſam Gottes Ruthen,
Wie grimmig ſeine Fluthen,
Will ich aus deinen Leiden ſehn:

oder ſolche die ganz ſinnloß waren: wie z. B. der Buchſtabe
tödtet, aber der Geiſt macht lebendig; oder: o große Noth,
Gott ſelbſt iſt tod etc. oder ſolche die ſich an ſinnliche Bil=
der heften ließen: der Heil. Geiſt wird **über dich kommen**
und die Kraft des Höchſten wird dich überſchatten etc., oder
der Engel **ſtritte mit dem Drachen** uſw. Das waren
Frizens Lieblingsſtücke, welche ſein glückliches Gedächtniß
augenblicklich faßte und ſpornſtreichs wieder von ſich gab.

Der Informator, welcher am Frizens Tauftage ſich ſchon
an dem Hofnungsvollen Kindlein vergangen hatte, wollte
zwar auch aus dieſer Erſcheinung, die er einſt, da er in
Ochſenhauſen für den Paſtor katechiſirte, zu beobachten Ge=
legenheit fand, allerlei nachtheiliges ahnden, und die lieben
Eltern mit der Bemerkung beunruhigen, daß Dummheit
und Tücke ſich eben dadurch an den Tag legte, daß Friz
gerade die Stellen faßte und lernte, bei welchen ſich nichts
vernünftiges denken ließe oder — welche die Gottheit in einer
ſeinem Herzen ähnlichen Stimmung ihn zeigten; aber Kaſper
und Sibille waren jetzt ſchon zu ſehr von den großen Talenten
und dem göttlichen Rufe ihres Söhnleins bezaubert, als
daß ſie ſich durch ein Räſonement hätten bekümmern laſſen
ſollen, welches für ihr eignes Nachdenken zu hoch war.

Friz alſo, ob er gleich weder leſen noch ſchreiben konnte,
ward täglich mehr der Gegenſtand der Liebe ſeiner Eltern und
bald auch die Bewunderung aller Einwohner in Ochſenhauſen.
Papa Rindvigius nahm Frizchen faſt alle Sonntage mit in die
Schenke, und ließ ihn auf einen Schemmel alles abkanzeln,
was er die Woche über gelernt hatte. Und alles Volk er=
ſtaunte ob der Weißheit des Knabens: ſintemal er im achten
Jahre ſchon ſo viel Sprüche und Verſe zu recitiren wußte,
als kein Bauer im ganzen Dorfe in ſeinem ganzen Gehirn auf=
zutreiben vermochte.

Da nun in der Welt gewöhnlich alle Thatsachen durch die Fortschreitung ihres Rufs sich vergrößern, so war es ganz natürlich, daß, im Umkreise von Ochsenhausen, sich die Sage generirte, es befinde sich ein Kind daselbst, welches in seinem achten Jahre schon predigen könne.

Und wirklich wars auch beinahe so. Denn die Predigten der Pastoren im Fürstenthum Hirtenfilbingen bestunden ganz gewöhnlich aus zusammengereihten Versen des Gesangbuchs und Sprüchen der Bibel. Folglich konnten fremde Bauern, die nach Ochsenhausen kamen, um das Wunderkind zu hören, gar keiner groben Lügen beschuldiget werden, wenn sie bey ihrer Nachhausekunft versicherten, daß sie den achtjährigen Knaben mit ihren leiblichen Ohren hätten predigen gehört.

Indessen war das Predigen nicht das einzige, was Kaspers Frizen berühmt machte. Er zeigte sich bald öffentlich als einen eben so großen Meister in der Kunst zu essen, wie in der Kunst zu predigen, und ward dadurch ein augenscheinlicher Beweiß von der nahen Verwandschaft des menschlichen Magens mit der menschlichen Seele.

Wenn die sonntäglichen Gesellschaften in der Schenke die große Weite seines ganzen Bücher verschlingenden Geistes anstaunten, so wußte Friz sie auch die gleich große Weite seines Magens bewundern zu lehren. Denn er predigte nie anders, als wenn die Gesellschaft, die es von ihm begehrte, ihm erst satt zu essen gab. Und da mußten wenigstens allemal mehrere Personen zusammentreten, wenn die dabey erforderliche Ausgabe ohne Beschwerlichkeit bestritten werden sollte. Denn unter zwey Pfund Brod und vier Pfund Fleisch war der Ochsenhauser Demosthenes nicht zu ersätigen.

In seinem neunten Jahre hörte der Fürst von ihm und beorderte seinen Hofnarren, die Familie des wunderthätigen Frizens auf einen Wurstwagen nach Hammelburg zu holen, um den Jungen seine rebus machen zu lassen.

Als Friz der Durchlauchtigsten Familie vorgestellt wurde, redete ihn der Fürst mit den Worten an: Na Junge, heut sollst mal hier bey mir predigen. Das fuhr Frizen durch die Nase. Na, Herr Fürst, antwortete er im nachgemachten Tone, er soll mal heut nixs zu hören kriegen. Und mit einemmal schoß Friz zum Zimmer hinaus und lief davon.

Die Bedienten des Fürsten holten freylich unsern De= mosthenes wieder ein, aber er blieb standhaft bey seiner gegebnen Erklärung. Der Fürst drohte ihm mit Gefängniß, wenn er den Landesherrlichen Befehl nicht respektiren würde. Friz blieb auf seinen Kopf. Die Fürstin suchte ihn mit Güte zu bewegen. Friz äuserte, daß er predigen wolle, wenns der Fürst nicht hörte. Der Fürst ward unwillig. Junge, schrie er, wenn du nicht gleich predigest, laß ich dich hauen, daß du schwarz wirst. Aber Friz sah trozig den Fürsten an und sagte: Herr Fürst, ich bin nicht Sein Leibeigner; wart Er bis meine Mutter den vierten kreit.

Jetzt merkte Vater Kasper, daß der Fürst nicht mit sich weiter scherzen liesse und that also vor Sr. Durchlaucht einen Fußfall. Allergnädigster Herr, sprach er, lassen Sie meinem Friz nur erst satt zu essen geben, so wird er Ihnen pre= digen, daß Ihnen das Herz im Leibe lacht.

Dieser drollichte Auftritt besänftigte den kleinen Despoten von Hirtenfildingen, und er befahl, daß man Speise auftragen solle. „Jetzt friß, Junge, sagte er, und friß dich satt, her= nach aber predige mir auch."

Friz setzte sich, ohne zu antworten. Die Bedienten tru= gen auf, was des Mittags von der fürstlichen Tafel gekom= men war. Der Hof blieb, um den Jungen zu beobachten. Es kam ein Teller voll Pastete, Friz zehrte sie auf, verschlang dazu zwey Raspelbrode, und fragte den Bedienten, ob er bald zu essen bekäme, der Fürst habe es ja befohlen. Du hast ja schon einen gehauften Teller gefressen, sagte der Fürst. Ei, erwiderte Friz, das heist nicht essen. Das ist ja solch wei= ches Zeug, wie Brei. Geb er mir ordentliches Essen. Der

Fürst merkte etwas. Er ließ ein Stück Rindfleisch kommen, und ein Bedientenbrod auflegen. Der Junge fraß das Bedientenbrod, eines Pfundes schwer, und das Rindfleisch, so in circa 2 Pfund seyn mochte, rein auf und blieb sitzen. Na, Junge, rufte der Fürst, nun predige auch. Ich? frug ihn Friz. Sagte Er nicht, daß ich mich erst satt essen solle? Der Fürst ließ noch ein Bedientenbrod geben, und die gebratne Gans ihm hinsetzen, von welcher zu Mittage nur wenige Scheiben aus der Brust waren geschnitten worden. Friz fraß die Gans und das Brod und blieb sitzen. Na, was wirds Junge, intonirten Sr. Durchlaucht, du hast nun eine Stunde gekaut. Herr Fürst, entgegnete Friz schmunzelnd, hat Er keinen Kuchen? Der Fürst muste lachen, ließ einen halben Rabonkuchen kommen, und Friz — fraß ihn auf und, blieb sitzen.

Jetzt nahte sich Vater Rindvigius ehrerbietig seinem Herrn Sohne und sagte ihm sachte ins Ohr: Frizchen, ich bitte dich um Gotteswillen, predige nun auch recht schön, sonst bist du unglücklich und deine Eltern mit dir. In diesem Augenblick stürzte sich Friz vom Stuhle und krümte sich und schäumte, als wenn er das böse Wesen hätte.

Ha, schrie der Fürst, das sind faule Fische. Sofort ließ er einen Reitknecht mit der Peitsche holen und so wie dieser loshieb, kam unser Demosthenes augenblicklich zu sich und fieng an erbärmlich zu schreien. Willst du predigen? rufte der Fürst. Nein, brüllte der Junge. So haut zu. — Willst du predigen? Nein! — So haut zu. Die Scene dauerte eine halbe Stunde. Kasper und Sibille lagen auf der Erde vor den Füssen der Fürstin, weinten, rangen die Hände, und baten um das Leben ihres Kindes. Die Fürstin wurde bewegt. Die Prinzessin flennten mit. Kurz, der Fürst mußte, wollte er den Jungen nicht todschlagen lassen, den Reitknecht abrufen und Frizen — ungepredigt — aber desto besser gemästet — wieder nach Hause schicken.

V

Genie'sstreiche.

Wir haben oben gehört, daß Friz nichts leichter behielt, als solche Stellen, welche den lieben Gott recht hämisch und marterlustig vorstellten. Das kam von Frizens Karakter und wirkte auch wieder auf denselben zurück. Der krasse Begrif von Gott, welchen der Ochsenhäuser Katechismus eben so reichhaltig als das Gesangbuch enthielt — z. B.

Du bist ein verzehrend Feuer,
Ein brennend Ungeheuer:

stimmte seine Seele immer mehr zum Wolgefallen an den Plagen der Menschen. Er ward wie der Gott seines Katechismus, d. h. er gewöhnte sich, jedem Beleidiger seiner verletzten Ehre, ewige Rache zu schwören, und überhaupt es als sein schmackhaftes Vergnügen zu betrachten, wenn er Menschen quälen oder ärgern oder närrisch machen konnte.

Friz hatte zu keiner ordentlichen Art von Arbeit Geschick. Er begrif nicht das allergeringste, was man ihm auch noch so deutlich beschrieb, und noch so mühsam vormachte. Aber in Erfindungen, die Leute zu necken, zu erschrecken, zu insultiren — war er unerschöpflich.

Wir könnten einen ganzen Band mit seinen Jugendstreichen füllen, welche seine Neider für Ausbrüche eines mit der äuffersten Dummheit vergesellschafteten tückischen Karakters erklärten, die aber der unpartheiische Leser gewiß als Monumente eines waren Ochsenhäuser Genie's anerkennen würde. Wir wollen indessen nur ein paar zur Probe

geben, um bald unſern Helden in wichtigern Auftritten ſei=
nes Lebens aufſtellen zu können.

Der Paſtor in Ochſenhauſen, Magiſter Kuhblökius, war
ein äuſſerſt andächtiger und eifriger Prediger, und pflegte
alle Sonntage ſeine Bauern mehr auszuſchelten als zu unter=
richten. Alle ſeine Predigen waren Geſezpredigten. Wenn
er den Mund aufthat, ſo hörte man Verdammungsurtheile.
Er nannte tauſendmahl die Hölle, ehe er einmal des Himmels
gedachte. Er ſprach immer von Strafgerichten Gottes und ſel=
ten nur, wenn er auf einer auſſerordentlich guten Laune war,
von ſeinen Segnungen. Und bey dem allen hatte er das eigne,
daß er ſeine werthe Perſon beſtändig als die Ausnahme auf=
ſtellte, und ſich zur Antitheſe von Ochſenhauſen machte.
Seine Bauern waren die Sünder und er allein der fromme
Loth, um deſſentwillen Gott das Dorf noch verſchonte.
Seine Gemeine mußte zittern und beben vor den Zorngerich=
ten Gottes, und er ſtand wie ein Glaubensheld, der unge=
rührt die Elemente brennen und den Erdball unter ſeinen
Füſſen zerblaken ſah.

Dieſe Selbſtbeherrſchung des Magiſter Kuhblökius war
unſerm Friz nach und nach merklich geworden und hatte
ihn nach einer Gelegenheit lüſtern gemacht, den Glaubens=
helden von Ochſenhauſen im Angeſicht ſeiner lieben Gemeine
einmal recht zu demüthigen, und als einen Poltron darzu=
ſtellen. Sie kam ihm.

Des reichen Schulzen Sohn hatte vom Jahrmarkt
eine kleine meſſinge Kanone mitgebracht, deren Donner
Frizen ſelbſt erſt erſchreckte, hernach aber auch deſto begieriger
machte, andere damit zu erſchrecken. Er ſtahl den Böller mit
dem Pulvervorrathe, den der Bube auſſer dem Dorfe ver=
borgen hatte und beſchloß, ſie dem Herrn Paſtor auf der
Kanzel hören zu laſſen, wenn er gerade einmal mit ſeiner
Glaubensheldenſchaft recht prahlen würde. Eines Sonnabends,
da ein ſtarker Beichttag war, ſchlich er ſich in die Kirche und

befeſtigte den Böller zwiſchen zwey Bretern auf dem Fuß=
boden der Kanzel, ſchnitt ein Gerinne, von dem Zündloche
des Böllers an, bis an das Kirchenfenſter, welches hinter der
Kanzel war, und nahm unten eine Scheibe heraus, damit
er von auſſen das Pulver anzünden könnte, mit welchem
er das Gerinne angefüllt hatte. Den Böller bedeckte er mit
Staub und ſtreute dergleichen auch auf das Pulver im ofnen
Gerinne, ſo daß die angelegte Mine nicht leicht zu entdecken
war. Den Sonntag darauf, da der Prediger ſchon auf der
Kanzel war, ſetzte ſich Friz auf den Hügel, der am Kirchen=
fenſter hinaufging, und horchte, mit einem Stück bren=
nender Lunte verſehn, wenn der Prahler ſeiner beginnen
würde.

Magiſter Kuhblökius predigte gerade über den Text:
heute wirſt du mit mir im Paradieſe ſeyn: von welchem
er verſicherte, daß wohl kein einziger Bauer in ſeinem Dorfe
ſich dieſe Worte ſo freudig wie er zueignen könnte. Um
nun dieß zu beweiſen, gieng er alle in ſeiner Gemeine ein=
geriſſene Mißbräuche und böſe Gewohnheiten durch und
zeigte, wie unmöglich ein Menſch bey ſolchen Sünden und
Laſtern, die Stimme Jeſu vernehmen könne: heute wirſt du
etc. Nachdem er nun die arme Gemeine auf das erbärm=
lichſte gemißhandelt und allen Sündern im Dorfe, das, heute
wirſt du — abgeſprochen hatte, ſo ſchloß er endlich mit
der Antitheſe, und ſtellte den wahren Gläubigen dem Sünder
entgegen. Zu den fleißigen Kirchengängern — zu den Wol=
thätern und Verſorgern der Wittwen und Waiſen — etc.
etc. hieß es immer, wird der Herr Jeſus auf ihren Sterbe=
bette ſagen: heute wirſt du etc. Und zuletzt kams denn:
ja Herr Jeſu, auch zu mir deinem treuen Knechte, wirſt
du ſagen: heute wirſt du mit mir im Paradieſe ſeyn. O daß
ich ſchon jetzt, mein Heiland, meines Lebens unter dieſem
ſündigen Volke müde, meine Glaubensohren öfnen und deine
Troſtſtimme vernehmen könnte: heute — jetzt — in dieſem

Augenblicke wirst bu. — — Und in diesem Augenblicke zün=
b'ete Frih das Gerinne an und die Kanone ging zu des Pa=
stors Füssen loß, daß Feuer, Rauch und Knall in einem Mo=
ment die ganze Kanzel erfüllte und erschütterte. — Und in
demselben Moment machte der erschrockne Pastor, der den
jüngsten Tag von unten herauf kommen zu hören glaubte,
lings um und schrie, indem er die Kanzeltreppe hinunter
stürzte: Herr Jesu, laß mich armen Sünder nur noch einige
Stunden leben.

Die Gemeine lief bestürzt aus der Kirche. Das ganze
Dorf gerieth in Aufruhr. Jedermann argwohnte, da der
erste Schrecken vorüber war, daß eine muthwillige Hand
dieß Unheil gestiftet habe. Frizens schon bekannte Streiche
zogen den Verdacht auf ihn. Man suchte ihn auf. Aber
siehe, Frih war hinten eingestiegen, und hatte sich zu Bette
gelegt, wo er so meisterhaft den Kranken spielte, daß es
keinem Menschen einfallen konnte, ihn für den Thäter zu
halten.

Aber Frih hatte es gewaltig hoch empfunden, daß die
Gemeine ihren Demosthenes mit einem solchen Verdachte ent=
ehrt hatte, und er besaß Dummdreistigkeit genug, wie seine
Feinde es nannten, noch desselben Tages in der Schenke
aufzutreten und ihr die Strafgerichte Gottes für diese Schmä=
hung seines Dieners anzukündigen. Er wählte sich dazu
eines seiner Lieblingsstücke, welches er auswendig gelernt
hatte, nehmlich die Kapitel aus Mose, in welchem die Pla=
gen erzählt werden, mit denen Moses die Egypter geschoren
und geängstet hatte, und sagte es ihr gerade heraus, daß
Gott die Ochsenhäuser, durch ihn, mit einer ähnlichen Plage
züchtigen werde.

Nach einiger Zeit zog ein Haufen Zigeuner durchs Land,
und hatte das sonderbare Glück, sich unsers Frizens Bei=
fall zu erwerben. Er lag den ganzen Tag unter diesem

Gesindel und erlernte von ihnen die Wahrsagerkunst. Aber er wurde auch zu gleicher Zeit von diesen Leuten mit einem reichen Vorrathe desjenigen Mastviehes beschenkt, welches in ihren Haren und Kleidern seine Weide hatte.

Friz erfuhr schon den ersten Abend, da ihn Papa Kasper ansichtig wurde, daß er an solchem Vieh einen un= übersehligen Reichthum besaß, indem ihn dieser, bey Er= blickung desselben, den Kantschuh fühlen ließ, um das Blut nach den äusern Theilen zu treiben, von welchem die Thier= chen leben mußten. Und dieß war die Veranlassung zu einen neuen Geniestreiche.

Die Mutter reinigte ihn des andern Tages und sammlete alles auf ein Papier, welches sie Frizen auf den Feuerheerd zu werfen befahl. Aber Friz schüttete es sorgfältig in eine Schachtel aus, und eilte so schnell als möglich unter den Haufen seiner Wolthäter, um noch mehr dieser schönen Na= turalien sich einzusammlen. Er kam reich beladen zurück, verwahrte seinen Schatz, und sagte bey sich selbst: nun sollen die Egypter meine schwere Hand fühlen.

Den nächsten Sonntag nahm Friz einen Pfeiffenstum= mel zu sich, dem er den Kopf abgebrochen hätte, steckte seine Schachtel mit den Naturalien in die Tasche, verkroch sich, gleich beim ersten Läuten, hinter die große Kirchthüre, welche eine weite Spalte hatte, und erwartete auf diesen Posten die Kirchengänger. Es war gerade eine starke Kommunion, und fast die ganze Gemeine kam an dem Tage zur Kirche.

Friz schob schreg aufwärts ein glatgemachtes halb ge= spaltenes Schilf in die Spalte der Thüre, nahm in die Rechte sein tönern Blasrohr, und in die Linke die Schachtel. Sobald nun die Leute anfingen in die Kirche einzutreten, schüttete er mit der Linken, auf die Schilfrinne, einige seiner Naturalien und blies mit der Pfeiffe, die seine Rechte gefaßt hatte, dieselben durch die Ritze, so, daß jeder Eingehende unvermerkt eine Salve in die Haare bekam.

Noch war das erste Lied nicht zu Ende, als schon die ganze christliche Gemeine in voller Aktivität war. Die Bauern auf der Emporkirche so gut wie die Bauerinnen in den unter= sten Stühlen, wusten sich vor Angst nicht zu lassen. Es über= fiel jeden eine Empfindung, die er in seinem Leben nicht gehabt hatte. Die starke Einquartirung verursachte ein Juken der Haut, welches nicht auszuhalten war. Jeder schämte sich und keiner konnte sich gleichwohl enthalten zu krazen. Kurz die ganze Gemeine, Männer und Weiber, lagen sich den ganzen Gottesdienst hindurch dermassen in den Haaren, daß der Magister Kuhblökius am Schlusse seines Exordiums innehielt, und das Maneuver betrachtete. Es war ein sonder= barer Anblick. Sonst war in der Kirche alles still und unbe= weglich gewesen. Und heute sahe der Mann Gottes die ganze Gemeine in Bewegung, welche so gleichförmig war, wie bey einem Regiment Soldaten das exercirt wird. Alle Hände auf den Kopfe! Alle Hände gekrümmt! Alle Aerme in einer Bewegung wie wenn sie sägten. — Hat euch denn Gott der Herr, mit den Läusen der Egypter gestraft? schrie er end= lich von der Kanzel herab. Und nun mußte nolens volens der Streich des Friz Rindvigius ein Strafgericht Gottes heissen, und dem Herrn Pastor Gelegenheit geben, die Plage der armen Gemeine durch eine Strafpredigt zu vergrössern: welches unserm Genie zu ausnehmender Freude gereichte.

VI

Kaspers Sohn als Gymnasiast.

Da Friz fünfzehn Jahr alt war, beschloß Vater Kasper einmüthig mit seiner Sibille, den lieben Sohn zu einer lateinischen Schule zu befördern, um ihn seiner erhabnen Bestimmung näher zu bringen. Beiden Eltern hüpfte das Herz vor Freuden, wenn sie in Frizens Zukunft sahen und sich erst den Primaner (denn tiefer glaubten sie ihn in keiner Schule sitzen zu sehen) dann den Studenten, dann den Kandidaten und endlich den Pfarrer vorstellten. Bey den Gedanken an Priesterrock und Schlepchen traten ihnen die hellen Thränen in die Augen.

Wirklich war es hohe Zeit, daß Friz Rindvigius von Ochsenhausen entfernt wurde. Denn seine Geniestreiche waren bereits so häufig an den Tag gekommen, daß die ganze Gemeine aufgebracht war. Schon hatte man ihm den Schemmel in der Schenke verboten: und alle Jungens im Dorfe waren verschworen, Kaspar Frizen krum und lahm zu schlagen, wenn sie ihn auf freyem Felde ertappen würden.

Der Vater sahe diesen Haß der Gemeine mit Recht als eine Wirkung alzuglänzender Verdienste an, und machte Anstalt, das Meisterstück seiner Vaterschaft den Klauen des Neides zu entreissen. Er machte sich eines Morgens früh auf und wanderte mit Frizen nach Federstadt im Herzogthum Weidenheim, wo ein Gymnasium illustre war, um ihn daselbst unter die Chorschüler aufnehmen zu lassen.

Kasper meldete sich beim Rektor und hatte bey seinen Eintritt ins Schulhauß zwey gemästete Gänse unterm Arm. Mit diesem Empfehlungsschreiben stellte er sich vor den Schulmonarchen, und ward auf das allerfreundlichste empfangen. Kasper und Friz erhielten sogleich, nachdem die Frau Rektorin den befiederten Willkommen sich zu Gemüthe geführt hatte, Erlaubniß sich niederzusetzen.

Rektor. Er bringt mir da gewiß seinen lieben Sohn, daß ich ihn ins Gymnasium aufnehmen soll?

Kasper. Ja, Hochedler Herr Magnificenz, ich wollte ihn gern unter die Chorschüler haben. Ich bin ein armer Mann. Mein Friz muß sich selbst forthelfen.

Rektor. Nu, nu, wollen sehn. Wenn der liebe Sohn nur hübsche Anfangsgründe mitbringt. (Zu Frizen.) Wie weit ist Er denn, mein Sohn?

Friz. (hastig) Ich kann predigen, Herr Magnificenz.

Rektor. Was? Schon predigen?

Kasper. Ja, weiß es Gott der Herr, der Junge hat im neunten Jahre schon geprebigt.

Rektor. Ei, ei, ein ingenium precox, precox!

Friz. Nein, Herr Magnificenz, ich bin kein Ochs, ich kann predigen und, wenn Ers hören will, so will ich Ihm gleich von den Läusen predigen, die Moses gemacht hat.

Rektor. Wie ich merke, so weiß er noch gar nichts vom Lateinischen. Aber lesen kann ers doch wohl?

Kasper. Nein, Herr Magnificenz. Mein Friz kann weder lesen noch schreiben.

Rektor. (zurückfahrend) Das Gott erbarm, was soll ich denn da mit ihm auf den Gymnasium anfangen? Es ist ja hier keine Trivialschule.

Friz. Nu, ich kann ja doch predigen.

Rektor. Was Henker hilft denn das Predigen, wenn er nicht lesen und schreiben kann? Das ist ja das Fundament. Wie kann er denn lateinisch, griechisch, und hebräisch lernen, wenn er nicht einmal deutsch lesen kann? Mein Gott! —

Kasper. No, Herr Magnificenz, das muß Er'n hübsch
lehren. Nehm er'n nur in Prime. Der Junge paßt auf.
Er wird Seine Freude han.

Rektor. Lieber Freund, er träumt. Was soll denn
der Junge in Prime, wo meine Schüler schon den Homer
und den Cicero lesen.

Friz. O, Herr Magnificenz, ich kann ja schon den
Bibel und den Gesangbuch und den Kubach auswendig.
Seinen Homet und Zitro will ich bald gnug Ihm
aufsagen.

Rektor. (schüttelt den Kopf.) Kann Er denn singen,
mein Sohn?

Kasper. Herr Magnificenz, er wirds ja wohl lerne.
Er hat freilich noch keine Stimme, als einen Ton. Aber
es wird wohl auch zu mehrern Rath werden.

Friz. (grob) Was Vater? Ich könnte nicht singen?
(Er fängt an einen Vers aus dem Gesangbuche in einem
Tone zu kreelen, daß dem Rektor die Ohren gällen.)

Rektor. (lächelnd) Gut, gut, mein Sohn, hör er
nun auf. Ich begreife schon, daß er singen kan. (zum
Vater) Es wird warhaftig schwer halten, seinen Sohn
unterzubringen.

Kasper. Na, Herr Magnificenz, mach Er nur, daß es
geht. Ich bin ein armer Mann: aber alle Herbeste bring
ich ein halb Duzend Gänse und zwey Scheffel Wezen für
Ihn. Sieht er. Mach ers mit meinem Sohn wie's gehn
will.

Rektorin. Je nun, mein Kind, Du wirst ja wohl
dem armen Mann helfen können.

Dieses weibliche Votum gab den Ausschlag. Friz wurde
angenommen, konnte aber nichts anders als ultimus in der
untersten Klasse werden, und muste, auf Veranstaltung des
Rektors, in Lesen und Schreiben von einem Primaner Pri=
vatunterricht bekommen.

Vater und Sohn trennten sich vergnügt voneinander. Kasper war ein roher Mann, der wenig Zärtlichkeit besaß, und Friz wußte und empfand gar keinen Unterschied zwischen Menschen und Menschen. Wer ihn zu essen gab, war sein Mann. Und wers ihm nicht nach seinem Kopfe machte, den nekte und marterte er, es mochte ein Fremder oder sein leiblicher Vater seyn. Sein erhabner Geist hatte sich über alles emporgeschwungen, was der gemeinen Menschheit glich.

Friz erhielt durch den Rektor einen Freytisch und besuchte acht Tage lang die Schulstunden, in denen er keine Sylbe verstund, mit unveränderlichem Fleisse. Aber mit diesen acht Tagen schien auch auf einmal die Herrlichkeit ihr Ende erreicht zu haben.

Alle Welt klagte nun auf einmal über Frizen, so wie Friz alle Welt haßte und verwünschte. Der Wirth klagte, daß er den Jungen nicht ersättigen könne. Die Mitschüler lamentirten, daß er ihnen alles wegfrässe. Und Friz schrie, daß er verhungern müsse. Und wie im Speisehause, so gings auch in der Schule. Der Präceptor fieng nach Verfluß der sogenannten Flitterwoche an, den guten Friz aufs Korn zu nehmen. Friz sollte nun Achtung geben. Er sollte, wie die andern Schüler, auf vorgelegte Fragen antworten. Er sollte stille sitzen und die Nachbarn nicht necken. Und da das alles Friz theils nicht konnte theils nicht wollte, so setzte es von Stund an in allen Lektionen Bakelhiebe.

Friz klagte beim Rektor. Der Rektor vermahnte ihn zur Gedult und stellte ihm vor, daß er auf keiner Schule in der Welt angenommen werden würde, wenn man ihn hier wegjagte, und daß er gleichwohl anders nie Prediger werden könnte, als wenn er die Schuljahre ausstände. — Friz ging in sich. Er hielt ein halbes Jahr aus, und duldete willig die täglichen Prügel, welche bald seine Stupidität bald seine Tücke (wie seine Neider es nannten) ihn bewirkte, und meinte — das heisse nun: die Schuljahre a u s s t e h e n.

VII

Defertion und freywillige Rückkehr.

Ein halbes Jahr ertrug Friz mit bewundernswürdiger Gedult seine Leiden, welche das abscheuliche Lernen und — die noch entsetzlichere Verhinderung aller seiner Nekereien nebst dem grausamen Verbote zu predigen, ihm verursachte. Aber nun erfuhr er, daß alle Kräfte der Natur ihre Gränzen haben. Seine Duldkraft ging zu Ende und — er entlief.

Die Federstädter Schule war froh, daß sie, wie man hämisch sich ausdrückte, einen tückischen Dumkopf weniger hatte: aber Kasper Rindvigius und seine Sibille waren desto bestürzter, da sie eines Abends ihr Krönchen in die Stube hereintreten und vor Hunger und Ermüdung vor ihnen hinsinken sahen.

Vier Pfund Brod und eine geräucherte Blutwurst, eine brabander Elle lang, mußten erst aufgetragen und verzehrt werden, ehe die bekümmerten Eltern Ursach und Absicht der so unvermutheten Ankunft ihres Lieblings erfahren konnten. Endlich öfnete sich sein Mund und schüttete die Klagen des gemarterten Herzens aus. Die Mutter weinte unaufhörlich. Der Vater stampfte mit den Füssen. Friz fluchte auf Lehrer und Schüler und Speisewirth. Kurz, es wurde einmüthig beschlossen, daß Frizchen nicht weiter studiren, sondern sich bloß aufs predigen legen sollte. Er sollte im väterlichen Hause bleiben und sich nun, da er indes hatte lesen lernen, einige Dutzend Postillen anschaffen, dieselben auswendig lernen, und sodann — sich zu einem Predigtamte melden.

Nie hatte Friz so ruhig geschlafen, als er diese Nacht schlief, in welcher ihn die reizendsten Träume von den leichten und bequemen Pfade zur nahen Pfarrstelle eingewiegt hatten. Aber schon der erste Morgen seines neuen Aufenthalts in Ochsenhausen verbitterte ihm seine ganze Freude.

Einer seiner vorigen Mitschüler im Dorfe war ihn am Fenster gewahr worden, und hatte die Neuigkeit verbreitet, daß Kaspers jüngster Sohn von der hohen Schule weggejagt worden sey. Um eilf Uhr, da der Schulmeister die liebe Jugend nach Hause schickte, zog der ganze Haufe groß und klein, in vollständiger Procession nach Kaspers Hause, und hundert Stimmen schrien durch einander: Kaspers Friz der Dumrian, muß wieder in die Schule gahn.

Dieser Specktakel setzte die ganze Rindvigiussische Familie in Trauer. Sibille rang die Hände. Kasper und Friz schäumten ohnmächtige Rache. Keins wußte vor Scham und Verzweiflung sich zu rathen und zu helfen. Das Geschrei dauerte eine halbe Stunde lang vor den Fenster, und alsdenn zog der Haufe das lange Dorf hinab und verkündigte, in ganz Ochsenhausen, des großen Frizens — Stand der Erniedrigung.

Und ach! — wäre dieß das letzte Leiden gewesen, was diese würdige Familie betraf! — Sohn und Eltern hatten den weisen Entschluß gefaßt, daß Friz sich im Dorfe vor der Hand gar nicht mehr sehen lassen sollte. Er wählte sich die Scheune zu seinem Schlafgemach und eine Laube im Garten zu seinem Studierzimmer. Der Vater ging nach der Stadt und holte von einem Antiquar etliche sehr schön gebundene Postillen. Friz begann zu lernen. — Ihr Götter! welch ein Unglück!

Die listigen Dorfjungen umschlichen lange das Rindvigiussische Hauß, um den Gegenstand ihres Neides mit einer abermaligen Musik zu beehren, und guckten, bald zu den Fenstern, bald zu den Thürglinzen, bald durch die Löcher, die Wind und Wetter in der Scheune erzeugt hatten, und konnten immer keinen Friz entdecken. Endlich aber spielte des Schulzens Sohn mit seinen Kameraden auf dem Felde, welches an den Rindvigiussischen Garten stieß, und ließ seinen Böller dabey hören. Dieß begeisterte unsern jungen Demosthenes, der eben über einer Postille in der Laube brütete, dergestalt, daß er aufsprang und über den Zaun hinsahe, um das reizendste Instrument seines besten Genie= streichs noch einmal zu beantlitzen. Und siehe, er wird entdeckt, und — alle Jungen intoniren am Zaune: K a s p e r s F r i z d e r D u m r i a n , m u ß w i e d e r i n d i e S c h u l e g a h n.

Und nun war kein Haltens mehr. Friz, voll heiligen Eifers gegen die Spötter seiner Postillenmajestät, ergreift einen Pfahl, drängt sich durch den Zaun und haut die ersten Jungens, die er ansichtig wird, mit einem Schlage zu Boden. Aber nun kam die Menge zusammen. Neun tüchtige Lüm= mels umringten ihn. Friz focht wie ein Löwe. Er hieb einen ins Auge, daß er sank. Einen andern zerknickte er das Nasenbein. Einen britten spaltete er die Unterlippe. Kurz, er verwundete fast alle neune, aber leider alle so, daß das fliessende Blut jeden desto wüthender machte und das Ge= fecht dergestalt verlängerte und erhitzte, daß er selbst endlich von seinen eignen Wunden ermattete und — von seinen dazu gekommenen Eltern für tod nach Hause getragen werden mußte.

Wer mag Sibillens Harm und Kaspers Verzweiflung beschreiben! — Friz lag in seinem Blute und man schickte nach einem Wundarzte, der ihm das Leben retten sollte. Aber — statt des Wundarztes kam nach einer Viertelstunde die ganze Gemeine und verlangte, daß der Mörder Friz ihr abgeliefert würde. Mein Kind ist erschlagen, rufte der eine Bauer. Mein Junge will sterben, heulte ein anderer. Friz

hörts. Der Schrecken erweckt seine Lebensgeister. Er springt
blutig vom Bette auf, rafft ein halbes Brod vom Tische,
rennt in die Scheune, kriecht mit seinem Brode durch ein
Loch, erreicht das freye Feld, läuft über Acker und Wiesen
gerade aus, kommt an einen Bach, reinigt Körper und
Kleider vom Blut, findet glücklich den Weg nach Feberstadt,
erzählt dem Rektor eine Reihe von Lügen, und — wird
wieder Gymnasiast.

VIII.

Friz Rindvigius besteigt die ersten Stufen des Glücks.

Zum Glück war kein einziger Ochsenhäuser Philanthro=
pist wirklich auf den Schlachfelde geblieben, obgleich
Einige starke Blessuren davon getragen hatten. Daher be=
ruhigte sich nach Frizens Flucht die Gemeine, und ließ es
bey dem gemeinschaftlichen Senatus consulto bewenden, daß
Friz durch allerseitige Theilnahme von oben bis unten zu Brei
geschlagen werden solle, wenn er sich auf der Gemarkung je
wieder sehen lassen würde.

Diese Gefahr konnte unser Friz Rindvigius um so kalt=
blütiger betrachten, da er selbst nicht willens war, Ochsen=
hausen wieder zu sehen. Denn er hatte sich nun pfahlvest
in den Kopf gesezt, sein Quinquennium in Federstadt auszu=
halten, sodann die glücklichsten Jahre des Menschenalters
als Student anzutreten, sich darauf als Kandidat durch einen
Kirchen= und Kezerallmanach von eigner Erfindung berühmt
zu machen und zulezt auf einer Funfzehnhundert=Thaler=
Pfarre sein Leben zu geniessen.

Mit verdoppelter Strenge wachte jezt der Rektor M o h =
r ü b e über Frizens Aufführung. Mit verdoppelter Prügel=
zahl trieb jezt der Quartus L a b e r b a n den Donat und Lan=
gens Gespräche in Frizens Gedächtniß. Mit verdoppelter
Freygebigkeit fand sich jezt Papa K a s p e r im Herbste
bey der Frau Rektorin ein. Aber auch mit verdoppelter Ge=
dult und Standhaftigkeit ertrug Friz seine Stockschläge, seine
Gedächtnißstrapazen und seine Fasten.

Friz lernte im erften halben Jahre, den Hilmar Curas, den Donat, den Speck, die Kolloquia und felbft fchon einen Theil des Eutrops mit allen Phrasesbüchern auswendig, welche aus befagten Autoren ausgezogen zu werden pflegten. Er wurde daher fchon am Schluffe feines fechzehnten Jahres nach Tertia promovirt und begann mit der Riefenkraft feiner Memorie den Catechismus Lutheri, die Kaftellifche lateinifche Bibel, des Erasmus Gefpräche, den Julius Cäfar und Freyers Univerfalhiftorie fich dergeftalt einzuprägen, daß ihm kein Wort beim recitiren fehlte, wenn er nicht auffer der Reihe gefragt wurde.

Diefer eiferne Fleiß, oder fo man lieber will, diefes wunderthätige Gedächtniß verwandelte bald die anfängliche Verachtung des Ochfenhäufer Dumrians in eine algemeine Bewunderung des Ochfenhäufer Genie's. Alle Mitfchüler erftaunten über die Schnelligkeit, mit welcher er ihnen vor= fchritt. Alle Präceptoren pofaunten ihn als die Krone der Schule und führten Frizen als den Hauptbeweiß für die Güte ihrer Methode und die Größe ihres Fleißes an. Alle Bürger in Feberftadt ftellten ihn ihren Söhnen als das Mufter vor, nach welchem fie fich bilden follten.

Selbft in Abficht auf Sitten hatte Friz fich — foll ich fagen? gebeffert oder nur — verändert. Es war zwar noch immer feine größte Seeligkeit, wenn er einem feiner Mit= fchüler eine Prügelfuppe bereiten, oder einem Bürger bey nächtlicher Promenade ein Dutzend Fenfterfcheiben klein ma= chen, oder einem Präceptor, der ihm einmal einige väterliche Rippenftöffe mitgetheilt hatte, eine Schnure legen konnte, über welche er wegftolpern und hinfchlagen mußte; aber er war doch jetzt bey folchen Ausbrüchen feines erfinde= rifchen Genie's weit vorfichtiger und in der That auch fparfamer geworden. Und fein Fleiß oder glückliches Ge= dächtniß hatte ihn nun fchon in eine fo vollkommene Repu= tation verfetzt, daß kein Menfch auf ihn argwohnte, wenn er einmal seiner Laune den Zügel ließ und ein Meisterstück in der Kunst zu necken und zu plagen versuchte.

Aber die allergrößte Perle in dem Seelenschmucke unsers Friz Rindvigius, welcher den Herrn und Damen von Federstadt in die Augen leuchtete, und ihnen bey allen seinen Menschlichkeiten die Augen zudrückte, war die Gabe, sich beständig in einer Art von Predigermine zu zeigen und mit ein paar andächtig schmachtenden Augen eine recht eigentlich gottseelige Phraseologie zu verbinden.

Dieses herrliche Talent hatte er seinem Tertius L a b e r = b a n zu verdanken. Das war ein Mann, an welchen scharf= sichtige Leute einen trübseeligen Ignoranten, einen hartherzi= gen Tirannen, und einen heimlichen Säufer und Wollüst= ling entdeckt haben wollten: der aber vor der Welt nie anders erschien, als mit einem gesenkten Haupte, höchst langsamen und abgemeßnen Schritten, andächtigen und betseligen Augen — und der nichts zu sprechen pflegte, ohne des Namens Jesu oder der Gnade seines Gottes dabey Erwähnung zu thun.

Unser Friz hatte diesen Mann zu rekognosciren Gelegen= heit gefunden. Er war, als der beste Recitator in der Klasse einigemal von ihm zu Tische geladen worden, und hatte seine einzige Tochter dabey auf eine Art kennen lernen, welche beider weichen und empfindsamen — — Herzen Ehre macht. Diese Bekanntschaft wurde für unsern Friz Veranlassung zu nächtlichen Besuchen und — was natürliche Folge war — zu Unterbrechung mancher bisherigen Genie'sstreiche, welche die Finsterniß begünstiget hatte. Dadurch hatte er denn oft, wenn er mit der Tochter allein war, den Herrn Vater im Nebenzimmer bemerken und bey der Schnapsbulle torkeln und mit seiner Magd scherzen gesehen. Und diese Beobachtung hatte blitzschnell in ihm den Gedanken erzeugt, daß er ja auch sein Leben wie sein Lehrer Laberban im Stillen genießen und äusserlich durch Minen und Worte e r b a u e n könnte.

So war es denn gekommen, daß Friz Rindvigius nicht
bloß als der gelehrteste sondern auch als der frömste Schüler
in Federstadt anerkannt wurde, sintemal man in seinem
Gesichte nie etwas anders als Andacht bemerkte und, in
seinen Reden die leibhaftige Gottseeligkeit hörbar wurde.

Dieses bereits aufgegangne Licht seines Gymnasiasten=
lebens wandelte er noch am Ende seiner Tertianerschaft
in eine hellglänzende Sonne. Er hatte durch unbeschreibliche
Mühe es endlich dahin gebracht, daß er einen Choral als
Altist nothbürftig mit absingen konnte. Seit dieser Zeit,
hatte eine alte und steinreiche Matrone, welche wöchentlich
dreymal sich vom Chore zur Mittagsruhe einsingen ließ,
ihn einigemal durch die Gardinen bemerkt und war durch
die glühende Andacht seiner schmachtenden Augen in eine
so glühende Mitandacht gerathen, daß sie, da Friz zum
viertenmal vor ihr sang, ihre Magd herausschikte, und
ihn zum Abendessen einladen ließ.

Friz erschien und — ich kann, wenns mein Leben
kosten sollte, nicht entscheiden, obs seine andächtige Attitude
war, oder ob sein gliessendes Gesicht, seine feurigen Augen,
seine schönen Waden, und, seine herzerhebenden Lenden eini=
gen Antheil hatten: — Kurz, Friz bezauberte die gottseelige
Alte dermassen, daß sie sich nicht enthalten konnte, ihn
ihren lieben Sohn. zu nennen, und einen keuschen Kuß
auf seine blühenden Wangen zu drucken.

Das Tischgespräch war höchst erbaulich, wie man leicht
denken kann. Die geistvolle Dame erschöpfte ihre ganze
Beredsamkeit, um den liebenswürdigen Jüngling zur Stille
und Eingezogenheit zu ermahnen und ihn den weisen Rath
begreiflich zu machen, daß man ja in der Welt manches
Vergnügen (a la Laberdan?) in der Stille geniessen könne,
ohne daß die böse, böse Welt, welche die Heiligen Gottes
so gern verlästert, ein Zeuge davon werde.

Friz hörte sie, wie es einem lernbegierigen Schüler
zukommt, mit grosser Aufmerksamkeit und ließ, während
daß die Alte sprach und ihren Blick auf seine wunderschönen
Augen und Wangen geheftet hatte, ein Stück Braten nach
dem andern in seinen Magen promeniren, so daß, in kurzer
Zeit, von einer stattlichen Hammelskeule à 7½ lb nichts
als die leidigen Knochen in der Schüssel zu erkennen waren.
Und in gleicher Zeit hatte Friz auch eine Flasche Sekt
von ihrem Inhalte erlößt, und mit reiner und gesunder
Luft wieder angefüllt.

Daß bey einem solchen Mahl und — einem solchen
Vis-à-Vis ein Jüngling wie Friz begeistert wurde, wird
keinen erfahrnen Leser befremden. Die Tafel war kaum
aufgehoben, als Friz im edelsten Gefühle der Dankbarkeit
seine Wolthäterin umarmte und ihr, nach ächter Ochsenhäuser
Manier, einen Schmaz gab, daß die damit beehrte Backe
der Dame fast das Ansehen bekam, als ob ein Schröpf=
kopf darauf gesessen hätte. Und nun trat er augenblick=
lich als der Gänsefurther Demosthenes auf, und hielt der
Dame hinter der Stuhllehne eine Predigt, in welcher er das
Buch Ruth meist wörtlich recitirte: und verursachte der
Matrone, besonders durch die Scene in der S c h e u n e
d e s B o a s, eine solche Nervenerschütterung, daß sie sich
auf ihr Kanape setzen und die Lenden vor lauter Begei=
sterung zusammenpressen muste.

Da nun diese schöne Oration geendigt war, (sie dau=
erte eine Seigerviertelstunde) sagte die Alte mit einer Thräne
im Auge: Komm, du Sohn meines Herzens und setze dich
an meine Seite. Siehe, liebes Kind, du hast mich so ge=
rührt, daß ich im Namen Jesu dich zum Erben meines
wenigen Vermögens bestimme, wenn du mir versprichst,
lebenslang bey mir zu bleiben und mir — die Augen zuzu=
drücken. Ich will dich von jetzt an wie ein Kind halten,
dich studiren lassen und dann — sollst du Prediger in

Gänsefurth werden und mich — zu meinem Grabe ge=
leiten. Willst du das?

Ach bestes, schönstes Mamachen, seufzete Friz, der pfeil=
schnell wieder an ihrem Halse hieng — lassen Sie mich
der Gnade Gottes erst für das Glück danken, das mir heute
wiederfahren ist, ehe ich Ihnen alles sage, was ich Ihnen
zu sagen schuldig bin. — Kubachs Gebetbuch lag auf dem
Kanape, und Friz ergrif es mit hoher Andacht und fieng
an zu lesen. Die Alte gerieth in eine himmlische Entzückung.
Sie rückte immer näher und näher an den Beter und —
ward des Betens nicht müde, bis der Seiger zehne schlug,
und unsern Friz aus der Erbauungsstunde abrufte.

IX

Der neue Student.

Nun hing unserm Helden der Himmel voll Geigen. Dreymal singen in jeder Woche und, breymaliges Fingerspiel beim Kubach, brachte ihm nicht nur brey herrliche Abendmahlzeiten ein, bey denen er sich NB. vollkommen satt essen konnte, sondern es erwarb ihm auch noch überdieß einen Dukaten wöchentliches Stipendium, davon er sich mit Kleidern und Postillen ausstaffiren und — noch manches seidne Tuch oder Florschürze für seine Dulcinea Laberdan anschaffen konnte, bey deren Realitäten er sich für die ermüdenden Spielwerke der Alten schadlos zu halten pflegte.

Er blieb bis an Ende seines Quinquenniums seiner Matrone treu und lernte dabey glücklich noch seinen Livius, Cicero, und Homer nebst dem grichschen Neuen Testament und Hutteri Kompendium von Wort zu Wort auswendig, so daß er im zwanzigsten Jahre mit Ehren die Universität beziehen konnte, dazu ihm die gottseelige Beate, ein jährliches Einkommen von 300 Thalern schriftlich versicherte.

Gern hätte Friz vor seinem Eintritte unter die Musensöhne zu Sauflingen erst seine lieben Eltern besucht, — nicht, um die Gluth seiner kindlichen Liebe zu löschen — denn die hatte ihm noch nie große Schmerzen gemacht — sondern um sich denen Ochsenhäuser Philanthropisten im Studentenair zu zeigen, und sie vor seinen Sarras erzittern zu lassen. Aber zwey kleine Fatalitäten hinderten ihn daran.

Sein lieber Papa Kasper, welcher sich bey seiner Valediktion mit eingefunden hatte, brachte ihm die Nachricht, daß die Ochsenhäuser jene unglückliche Schlacht noch nicht vergessen, sondern noch am letzten Sonntage in der Schenke ihr

Andenken unter sich erneuert und ihm (dem Vater) öffentlich gedroht hätten, seine Range zu erwürgen, so bald sie sie ansichtig werden würden.

Zu dieser Trauerpost gesellete sich eine weit erschütterndere. Dulcinea Laberdan meldete ihm, acht Tage vor seiner Abreise, daß sein Fleiß endlich Früchte getragen habe, und drang mit Weinen und Händeringen in ihm, daß er sie durch eine Heirath von der Schande erretten möchte, in die er sie gestürzt habe.

Friz war nicht gewohnt, mit langen Ueberlegungen sich den Kopf zu zerbrechen. Und er liebte seine Ruhe und Bequemlichkeit viel zu sehr, als daß er sich durch einen öffentlichen Spektakel in Gänsefurth in Unruhe setzen lassen und das Toben des Vaters und — das noch weit bedenklichere Kopfschütteln seiner Matrone sich zuziehen sollte. Er versprach also seiner Dulcinea die Ehe, gab ihr hinlängliches Reisegeld und beorderte sie auf dem nächsten Dorfe vor Sauflingen sich einzuquartiren und seiner daselbst zu erwarten.

Die Entweichung der Federstädter Schöne machte zwar einiges Aufsehen, aber Friz, nunmehro, seit Anlegung des Degens — Herr Rindvigius blieb ausser allen Verdacht und folgte nach wenig Tagen eiligst ihr nach.

Es war auch hier nicht Liebe die ihn beflügelte, denn er kannte überhaupt diese peinliche Empfindung nicht, sondern er eilte eines theils darum, weil er vor jetzt noch an die Dirne gewöhnt war, und ein ziemlich ungestümmes Bedürfniß hatte, andern theils aber auch deswegen, weil seine Phantasie mit den glänzenden Vorstellungen vom Sauflinger Studentenleben ihn bestürmte, und seine Sehnsucht, nach dem Genuß der Universitätsjahre, ihm unwiderstehlig machte.

Sein Abzug aus Federstadt war so glanzvoll als noch keiner gewesen war. Es war ein Sonntag, den er dazu erwählt hatte. Früh legte er noch in der Hauptkirche, durch Vermittlung seiner Matrone, welche den Primarius durch ein Dutzend Butellen Wein zu dieser Anomalie vermocht hatte, eine Predigt ab, welche den Federstädtern über einen Oxthoft Thränen kostete. Des Mittags gab die Alte einen Abzugsschmaus, bey welchen alle Lehrer des Gymnasiums sich benebelten. Und des Nachmittags begleiteten ihn alle Primaner zu Pferde bis aufs nächste Dorf, wo er es ihnen durch Schnaps und Doppelbier unmöglich machte ihn — weiter zu geleiten und, für sich — den Hinweg zu finden.

Und nun zog unser Rindvigius, schüchtern vor Ochsenhausen vorbey und gelangte am vierten Tage glüklich in Sauflingen an, wo ihn im Gasthofe etliche vierzig Musensöhne empfingen, welche auf die Post schon gelauert hatten, die um diese Zeit die Osterfüchse mitzubringen pflegte.

Rindvigius stellte seinen Mann. Er ließ für sämmtliche versammelte Kommilitonen einige Braten auftragen und eine Tonne Bier dazu heraufschroten und aß und zechte mit ihnen also und dergestalt, daß er auf seine ganze Universitätszeit Respekt bekam. Das Antrittsfest wurde mit dem Landesvater beschlossen und vierzig der lüderlichsten Sauflinger waren von Stund an seine Brüder.

Des folgenden Tages stellte sich der Herr von Ochsenhausen vor Se. Magnificenz zur Inscription. Dieser war ein Professor der Philosophie, welcher eine deutsche Logik und Metaphysik geschrieben hatte und in den Kammeralwissenschaften der erste Mann im Lande war.

Er empfing unsern Jüngling mit der ganzen Grace, die einem so großen Manne nicht anders als eigen seyn konnte, und begann mit ihm alsobald das gewöhnliche Tentamen, welches die Tüchtigkeit des jungen Mannes zum Studiren, vermöge landesherrlichen Befehls entscheiden sollte.

Anfänglich schien es zu hapern. Denn Se. Magnificenz fragte den Herrn Rindvigius natürlich zu allererst, ob er seine Logik und Metaphysik gelesen habe und entsetzte sich nicht wenig, ob der erschreklichen Ignoranz, die aus der Verneinung dieser Frage zu erhellen schien.

Prof. Ists möglich, daß Sie meine Logik noch nicht kennen, die in ganz Europa bekannt ist?

Stub. In Federstadt weiß keine lebendige Seele etwas davon.

Prof. Das muß eine erbärmliche Schule seyn. Es wird doch Philosophie da getrieben?

Stub. Ich verstehe nicht, was Ew. Magnif. damit sagen wollen.

Prof. (hastig) Ich frage ob auf Ihrem Gymnasio Philosophie getrieben wird? Ist denn das nicht deutlich genug?

Rindv. Ich versteh es warlich nicht. Was ist denn das für ein Autor, Philosophie?

Prof. (schlägt die Hände zusammen) Um Gotteswillen, Sie wollen bey mir inscribirt seyn und wissen nicht was Philosophie ist? Ei Philosophie ist ja die Wissenschaft aller Wissenschaften. Es ist die Grundwissenschaft eines Gelehrten.

Rind. Ich verstehe noch jetzt nicht, was Philosophie ist, nachdem Ew. Magnif. mirs gesagt haben.

Prof. Nun was Teufel haben Sie denn in Federstadt gelernt?

Rindv. (schnell hintereinander) den Donat, den Speck, den Langen, den Freier, den Erasmus, den Julius Cäsar, den Hilmar Curas, den Cicero, den Homer, das neue Testament, den Livius, den Hutterus. —

Prof. Nun, das ist aller Ehren werth. Aber verstehen Sie auch alle die Bücher.

Rindv. Von Wort zu Wort. Wollen Ew. Magnif. mich überhören? Ich will gleich den Homer —

Prof. (ängstlich) Nicht doch, nicht doch. — Warten Sie, ich will doch meinen Cicero holen lassen.

Rindv. Brauchts nicht. Ew. Magnificenz, dürfen nur befehlen, was ich aufsagen soll. Ich kann alles auswendig.

Prof. Ei, Sie werden doch nicht — das wäre ja zum Erstaunen. Nun, wollen Sie einmal die Rede des Cicero, pro Archia, versuchen?

Rindv. (blitzschnell) Si quid est in me ingenium, judices, quod sentio, quam sit exiguus — (Er betet so einige Seiten her ohne Anstoß, und der Herr Professor merkt die Schnitzer nicht.)

Prof. Nun, halten Sie nur inne, damit Ihnen der Odem nicht vergeht. Ich muß sagen, daß ich noch in meinem fünf und zwanzigjährigen Professoramt keinen inscribirt habe, der das prästirt hat. Aber verstehen Sie die Bücher auch alle?

Rindv. (wieder so.) O ja. Si quid est, wenn was ist, in me, in mir, ingenium, Verstand, quod sentio, welches ich merke, quam sit exiguus, wie sehr es wenig sey — — (so gehts in der Reihe fort, bis zu Ende des ersten Kapitels.)

Prof. Schön! vortreflich! Nun, Sie werden einmal ein großer Mann werden, wenn Sie so fortfahren zu lernen und vor allen Dingen meine Philosophie studiren. Das ist die Wissenschaft aller Wissenschaften.

Rindv. (schmunzelnd) Bin ich denn hernach ein großer Gelehrter, wenn ich die kann.

Prof. O wenn Sie die ganz können und verstehen, nota bene, dann haben Sie einen Schatz von Kenntnissen, der nicht mit Geld zu bezahlen ist.

Rind. Wie lange muß ich denn lernen? Ist das Buch dick?

Prof. Es ist ein mäßiger Oktavband. Ich lese ein halbes Jahr darüber.

Rindv. (vergnügt.) O nur ein Oktavband? den lese ich in zwey Tagen und in einer Woche kann ich ihn. Da ver= wett' ich meinen Kopf.

Prof. Nur hören Sie fein fleissig mir zu. — Wollen Sie nicht gleich sich aufschreiben? Sehen Sie, da ist die Liste meiner Zuhörer.

Rindv. Muß ich da meinen Nahmen schreiben? (Er schreibt.)

Prof. So ist's recht! Nun, (pinselhaft höflich) es wird Ihnen ja doch wohl schon gesagt worden seyn, daß hier die Kollegia pränumerirt werden. Es ist auch besser für Sie, daß Sie nicht jetzt bezahlen, ehe Sie das Geldchen ausgeben. Hernach wirds Ihnen zu sauer. Sie bezahlen mir fürs ganze halbe Jahr nicht mehr als vier Thaler.

Rindv. (zieht den Beutel und zahlt.) O das ist ja erstaunend wenig für die Wissenschaft aller Wissenschaften.

Nach Endigung dieses Akts wurde unser Rindvigius feierlich inscribirt und der Zahl der Sauflinger Musensöhne einverleibet. Se. Magnificenz entliessen ihn mit väterlichen Ermahnungen zum Fleisse und er — eilte zu seinen vierzig Brüdern, mit denen er schon eine Zechpartie verabredet hatte.

X

Tödlicher Fleiß des Herrn Rindvigius.

Unser Held hatte noch bis jetzt weiter keinen Begrif vom
Studiren als, daß man bey den Professoren Kollegia
hören und sich dieselben am schwarzen Brete, wo sie ange=
schlagen wurden, wählen müsse. Er gieng also dahin und
schrieb, voll des besteſten Vorsazes, sich bis zum Generalsuper=
intendenten hinauf zu studiren, so viel Kollegia auf, als
der Tag Stunden hatte.

Aber diese Arbeit kostete ihm Mühe. Denn er mochte
einen Anschlag lesen, welchen er wollte, so fand er nie
die Stunden in der Reihe, wie er sie haben wollte, sondern
es stund da, Hor. VII. Hor. X. Hor. II. und so durch
einander. Nachdem er lang in diesen Stundengewirr sich
geängstet hatte, beschloß er, die Stunden selbst in der
Reihe aufzusuchen und, von allen Anschlägen zusammen,
sich so viel zu nehmen als er brauchte.

Er wollte früh um sechs Uhr anfangen zu studiren,
suchte also wo Hor. VI. stand, und er fand von ohngefehr:
Hor. VI. Archäologie. Das schrieb er sich auf, nebſt
dem Namen des Professors. Das muß eine schöne Wissen=
schaft seyn, dachte er, der Name klingt so hoch. Dann suchte
er Hor. VII. und fand auf einen andern Zeddel: Hor. VII.
Botanik. Er schriebs hin. Und so fuhr er fort, alle
Stunden zu besetzen: dergestalt, daß seine Liste, die er
mit nach Hause nahm, folgende Kollegia enthielt.

Hor. VI. Archäologie bey — —
Hor. VII. Botanik. — —
Hor. VIII. Ueber die Dikta probantia —
Hor· IX. Philosophie bey Sr. Magnificenz.

Hor. X. Das Lehnrecht. —

Hor. XI. Ueber das Akkuschement —

Hor. I. Ein fundamentale Hebraikum —

Hor. II. Kameralwissenschaften —

Hor. III. Astrologie —

Hor. IV. Stunde beim Fechtmeister.

Hor. V. Ueber die Kriegsbaukunst.

Hor. VI. Algebra. —

Rindvigius war hocherfreut, da er endlich diese Liste zu Stande hatte und seinen Tag besetzt sahe. Nun will ich studiren, dachte er bey sich selbst, daß das Fell stieben soll. Hier hab ichs doch besser wie auf Schulen. Dort mußte ich so viel Bücher auswendig lernen und so viel auf=sagen. Hier darf ich bloß zuhören, und werde nichts gefragt.

Die Kollegia nahmen ihren Anfang und Rindvigius trat seine Karriere an. Er lief, um sechs, in die Archäo=logie, hörte eine Viertelstunde zu, verstand kein Wort, schlief ein, und lief — da der Lermen bey Endigung der Lektion ihn aufwekte, in die Botanik, und so fort durch alle zwölf Lektionen, die er sich aufgeschrieben hatte.

Acht Tage hielt er diese Last mit eiserner Gedult aus, und alle seine Kommilitonen wunderten sich, daß sie in allen Stunden des Tages, wenn sie ihn besuchen wollten, von der Aufwärterin hören musten, Herr Rindvigius sey im Kollegio.

Rindvigius bekam überall von den Fiskalen den Zeddel präsentirt, schrieb überall sich auf und — erhielt am Ende der Woche von sämtlichen Herrn die Ordre, laut Landes=herrlichen Befehl, die Kollegia zu pränumeriren. Die Summe betrug über etliche funfzig Thaler. Die Börse krümmte sich. Die Fiskale mahnten und drohten mit Exekution. Es war kein anderer Rath. Rindvigius zahlte 54 Thaler und seine Kasse schmolz bis auf funfzehn Thaler zusammen. Und kaum war diese Summe ausgeflogen, so schikte Dulcinea

Laberdan, und reducirte den Rest auf einen Luisdor. — Donna B e a t e mußte frische Wechsel schicken und — brumte.

Aber schlimmer, als alle diese Unfälle, war dieß, daß Rindvigius am zehnten Tage seiner herkulischen Arbeit erkrankte. Seine Lebensgeister waren durch das alzuviele Studiren vertroknet, seine feinen Nerven überspannt, seine Verdauung geschwächt, sein Schlaftalent verkümmert.

Endlich finden wir dich einmal zu Hause, schrieen jetzt die Brüder, die noch immer fortfuhren, bald zu dieser, bald zu jener Tagesstunde sich nach ihn zu erkundigen, — aber, was Teufel fehlt dir? Du bist betlägrich? Hast du dich einmal bey einem Schmause übernommen?

R i n d v. Ach das hab ich noch mein Lebtage nicht gethan, Bruder, aber ich glaube der verfluchte P h i l o s o - p h i e hat mir den Magen verdorben. Ich dachte, es würde hier weit besser gehn als auf Schulen, weil ich hier nichts zu lernen und aufzusagen habe, aber — ich weiß nicht —

B r. Nun, du hast doch hier auch zu lernen? Und ich dächte, mehr und schwerere Sachen als auf Schulen?

R i n d v. Zu lernen? Warhaftig mir hat noch kein Professor was aufgegeben. Ich s t u d i r e hier bloß.

B r. (lacht) Was Henker nennst du denn studiren?

R i n d v. Je nun, Kollegen hören. Da hör ich doch mands bloß und lerne nix aus'n Buch auswendig.

B r. Ja, nun versteh ich dich. Wie viel hast du denn Kollegia?

R i n d v. Zwölf.

B r. (will sich krank lachen) Bist du toll, Bruder? Wir andern ehrlichen Bursche nehmen uns den Tag vier, höchstens fünf, und können damit kaum fertig werden. Schwere Noth, nun begreife ich deine Krankheit, Bruder: du bist längstens in vier Wochen des hellen klaren Todes, wenn du so fortfährst. Donner und Wetter! Wer auch so

den Kopf angreifen will, der wird ja vorsätzlich ein Selbst=
mörder.

Rindv. (beklommen) Ach lieber Bruder, sage mir
— ob das Ernst ist? — muß ich wirklich sterben?

Br. Hol mich der Teufel, Bruder, es ist keine Ret=
tung, wenn du die Kollegia alle behältst. Sterben oder
verrückt werden. Eins von beiden ist unvermeidlich.

Rindv. O Bruder, ich bitte dich um Gotteswillen,
nimm dort gleich meinen Zeddel und lauf und sage alle
Kollegia wieder auf und laß dir das Geld zurückgeben; wir
wollens lieber vertrinken; denn davon sterbe ich doch nicht.
(Der Bruder ließt den Zeddel und bricht bey jeder Zeile
in ein lautes Gelächter aus; zuletzt kann er gar nicht mehr
aufhören mit lachen.) Nun was lachst du denn? Herr
Jesu, du erstikst ja.

Br. (sich erholend aber immer noch lachend) Bruder,
das ist ein Stück für die Zeitungen. Ha, ha, ha etc. Straf
mich Gott, das ist ein Meisterstück —

Rindv. O es ist nicht mein erstes, Bruder, ich
habe ja schon gepredigt.

Br. Ha, ha, ha etc. Gepredigt — über die Bota=
nik? Ha, ha, ha etc. über die Hebammenkunst? Ha, ha,
ha etc.

Rindv. Ich glaube, du spottst über meine Kollegen?
bin ich denn nicht hieher geschickt worden, um zu studiren?
Und wenn ich studiren soll, muß ich denn nicht Kollegen
hören?

Br. J schwere Noth, Bruder, du willst ja mal Pfaffe
werden: so mußt du ja doch vorm Henker auf den Pfaffen
studiren; kannst du denn über all das Zeug da predigen?

Rindv. Narr, predigen kann ich längst, ich soll
aber erst drey Jahr studiren, ehe ich eine Pfarre bekomme.

Br. Bruder, du dauerst mich. Laß mich im Ernste
reden; siehst du, ich studire auch, wie du, Theologie; aber

ich höre ganz andere Kollegia, z. B. Dogmatik, Moral, Exegese. —

Rindv.: Was Henker, die Namen habe ich auch am schwarzen Brete gefunden; ich habe aber gedacht, es gilt gleich, welche Kollegen ich höre, wenn ich manb studire, so wie es gleich gilt, welche Postille ich ergreife, wenn ich manb eine Predigt braus lerne.

Die Brüder, beren nach und nach mehrere sich einfanden, überzeugten endlich ben Herrn Rindvigius, baß sein großes Genie sich bißmal verirret hatte. Er mußte nun seine meisten Kollegia aufgeben und die gehabten Kosten verschmerzen.

———————

XI

Der neue Ordensbruder.

Unser Held belachte jetzt selbst den Streich, den ihm Madam Dummheit gespielt hatte, und begann eine neue Methode seiner Studien. Er schrieb sich von seinen Brüdern, welche, wie er, Theologie studierten, ihre Kollegienlisten ab, und besuchte dieselben Stunden, welche sie gewählt hatten. Dazu kaufte er sich die nöthigen Kompendia, über welche gelesen wurde, memorirte dieselben, wie er auf Schulen gethan hatte, sagte sie des Abends sich selbst auf, ließ sich die Hefte abschreiben, welche seine Kommilitonen nachgeschrieben hatten, lernte auch diese auswendig, und bekam dadurch eine Masse von Kenntnissen, die an Umfang, unter allen Musensöhnen zu Sauflingen, ihres gleichen nicht hatte.

So machte Friz Rindvigius sein erstes Versehn wieder gut und brachte reichlich die Zeit ein, die er verloren verloren hatte. Und eben so glücklich war er auch in Ersetzung des erlittenen Schadens an Gelde. Er erlernte von seinen Brüdern die Kunst, die Vorlesungen umsonst zu haben. In schlechter und beinahe zerrißner Kleidung ging er zu den theologischen Professoren, ehe die Vorlesungen des folgenden halben Jahres ihren Anfang nahmen, stellte ihnen mit gesenktem Haupte und andächtiger Mine seine Armuth vor, bat um Erlassung des Honorars, erhielts und — vertrunk mit seinen Brüdern, was er den Kathedergelehrten abgeschwatzt hatte.

Einer zwar, der seltner ihn besuchte, weil er, mehr
hingerissen als aus Neigung, unter der Truppe seiner Brü=
der zu leben schien, wollte ihn davon abrathen, indem
er ihm vorstellte, daß das ein wahrer Schurkenstreich sey,
ehrliche Männer, die mit Weib und Kind von diesen Ein=
künften leben müßten, so zu hintergehen und zu bestehlen;
aber die andern Brüder nennten das Gewissensziererei und
unterdrükten in unserm Rindvigius die ohnmächtigen Ge=
fühle der Rechtschaffenheit, welche durch das Juchtenfell sei=
ner Indolenz von jenen Vorstellungen aufgeregt, sich her=
vorzubrängen begannen.

Damit aber dergleichen ungebetene Gäste von mora=
lisirenden Räsonnements sich fernerhin nicht bey unserm
Rindvigius einschleichen und die Wonnetage seines akademi=
schen Lebens, die er zwischen Memoriren und Kommerziren
so weißlich zu vertheilen wußte, verfinstern möchten; so
wurden die Brüder, die ihn in ihren Zirkel gezogen hatten,
mit einander eins, ihn in ihre geheimere Verbindung
aufzunehmen, welche sie unter sich errichtet hatten.

Sie waren sämmtlich aus dem weltberühmten Orden
der Desperatisten, dessen Fundamentalgesetz es war,
nichts zu lernen, Geld und Gut zu versaufen, von Bor=
gen sich erhalten und am Ende — sich zu skisiren.

Die größte Schwierigkeit, welche der versammlete
Orden fand, unsern Rindvigius aufzunehmen, war der
Mangel an Begriffen. Rindvigius war das größte Genie
in Sauflingen, wie er es in Gänsefurth gewesen war,
denn er hatte ein Riesengedächtniß. Aber einen eignen
Begrif in seiner Seele zu bilden und daraus eigne Urtheile
zu erzeugen, nach denen er handelte, das war ihm schlech=
terdings nicht möglich. Er dachte eigentlich gar nicht. Er
hörte nur und konnte nachsagen und nachthun, was man
ihm vorsagte und vorthat. Aber selbst denken, und nach

eignen Räsonement handeln — war einmal sein Fach nicht. Und wer kann auch in allen Stücken excelliren? — Indessen besorgten die Brüder doch von diesem kleinen Defekte des Rindvigiussischen Geistes allerley Nachtheil und — dieß war der Grund, warum man ihn bloß formaliter aber nicht materialiter in den Orden aufzunehmen beschloß um — von seinen Talenten, besonders von seiner Börse, Nutzen zu ziehen, ohne von jenem Defekte Schaden zu leiden.

Man machte also dem Herrn Rindvigius einen äuserst honorigen Antrag und — um seinem Stolze recht vollkommen Genüge zu thun und, seines Beutels dadurch desto mächtiger zu werden — bot man ihm das Seniorat an.

Rindvigius warf sich in die Brust und beantwortete die schriftliche Einladung in einem so graziösen Tone, daß alle Brüder schon des folgenden Tages sich versammleten und mit aller nur erdenklichen Feierlichkeit ihn aufnahmen. Man übergab ihm das Archiv, die Insignien, die Gesetze, das geheime Buch mit dem Namen der Brüder und rufte ihm ein weittönendes Vivat. Aber die Brüder hatten alles schon vorher zubereitet und, was Rindvigius in den Händen hatte, waren lauter fingirte Dinge. Selbst das Namenbuch enthielt Personen, die auf dem Erdboden nicht zu finden waren. Die Folge wieß es aus, daß die Herrn Brüder weißlich gehandelt hatten.

Der erhabene Titel eines Seniors der Desperatisten machte indessen die ganze Masse von Großmuth und Freygebigkeit rege, welche Natur und Erziehung in unserm Rindvigius generiret hatte. Er gab seinen Brüdern wöchentlich zweymal Assemblee und ließ sichs jedesmal, für Bier und Taback, einen Dukaten kosten.

Für so viel Aufwand mußte denn billig auch gegenseitig etwas erkleckliches geopfert werden. Und da die Brüder nichts

58

hatten als Weirauch, so sparten sie den um destoweniger,
je mehr sie damit ihren treuherzigen Bruder befriediget sahen.
Sie gingen in ihren Ehrenbezeugungen so weit, daß sie ihn in
der Assemblee nicht anders als Se. Herrlichkeit nann=
ten. Und Rindvigius, der in den Titulaturen, so wie in
allen Kleinigkeiten dieser Art unerfahren war, hielt das
alles für Ernst, und genoß daher in diesem Zirkel eine
Seeligkeit, die er gern noch theurer bezahlt haben würde,
wenn Donna Beate noch besser in Oden zu setzen gewesen
wäre.

Erste Rindvigiussische Predigt in Sauflingen.

Schon oft hatte unser Rindvigius unter seinen Brü=
dern erzählt, mit welchem Beifalle er, bereits als
Knabe von acht Jahren, und dann als Schüler, die Kanzel be=
treten habe, und wie durch die Almacht seiner Beredsam=
keit die Herzen seiner Zuhörer gerührt und Ströhme von
Thränen vergossen worden wären.

Bisher nun hatte es bey wörtlichen Ausbrüchen der
Bewunderung der erhabnen Talente unsers Helden sein Be=
wenden gehabt: aber bey einem Ordensschmause, mit wel=
chem die Brüder sich für so manchen fröhligen Tag zu re=
vangiren suchten, den Se. Herrlichkeit — oder vielmehr
die Börse der frommen Beate ihnen gemacht hatte, kam
die Sprache zur That.

Bruder! schrie einer der Versammleten, dem schon
von dem bloßen Berichte die Thränen in den Augen
standen, den Rindvigius von seiner Gänsefurther Abschieds=
predigt wiederholte, — Bruder! du mußt hol mich der
Teufel einmal in Sauflingen auftreten und uns zeigen, daß
du kein Prahler warst.

Dieser Aufruf that eine durchdringende Wirkung. Alle
Brüder schrien einmüthig auf unsern Rindvigius los: ja war=
lich, Bruder, du mußt predigen: du mußt dich zeigen: du
mußt alle unsere Pastoren in Sauflingen in den Sak hinein
und heraus predigen! Und mit diesem Geschrei stürmten
alle auf ihn loß, umarmten, herzten, drückten ihren Senior

bis zum Erstiken und Rindvigius überschrie sie alle mit seiner Donnerstimme: Brüder ich predige euch, daß euch allen die Haare zu Berge stehen sollen.

Bravo! bravo! halte der Saal wieder, — auf den Sonntag, Bruder! — aber — eine recht eigentliche Universitätspredigt muß es seyn!

R i n d v. (zurükfahrend) Was Henker ist das für ein Ding, eine Universitätspredigt?

B r. Ei, Bruder, das ist eine gelehrte Predigt. Du kannst doch vor Professoren und Studenten so nicht predigen, wie vor Ochsenhäuser Bauern und Gänsefurther Bürgern.

R i n d v. (betreten) Ja — bey meiner Seele, Brüder, eine andere Predigt, als in meiner Postille steht, kann ich nicht halten. Sucht mir selbst die gelehrteste darunter aus. Wißt ihr was, es ist eine darunter vom B e l z u B a b e l, in der c h a l d ä i s c h vorkommt, und die ich deswegen vor den Bauern noch nicht habe halten mögen, die will ich nehmen.

B r. Nein, das ist nichts. Ich will dir eine machen. Wie lange brauchst du, um sie zu lernen.

R i n d v. Zwey Tage, Bruder, dann bete ich sie, wie's Vater Unser.

Alle Brüder griffen jetzt nach den Gläsern und stimmten zur Freudenbezeugung über diesen herrlichen Einfall das Lied an, welches auf den Antritt seines Senoriats gemacht worden war:

> Es lebe Se. Herrlichkeit!
> Der Held Rindvigius!
> Sein Nam' erschalle weit und breit:
> Rindvi — Rindvigius!
>
> Er ists, der seines Gleichen sucht,
> In jeder freyen Kunst.

Er frißt, und säuft, und singt, und flucht,
Und betet voller Brunst.

Er memorirt mit Riesenkraft:
Er predigt unstudirt:
Auf Kanzeln wird er angegaft:
In Büchern schon citirt.

Schon sehn wir ihn als Kandidat:
Die Pfarre folgt behend.
Bald nennt man ihn Herr Kirchenrath,
Und endlich — Supertend.

Es lebe Se. Herrlichkeit!
Der Herr Rindvigius!
Sein Nam' erschalle weit und breit:
Rindvi — Rindvigius!

Da Capo.

Armer Rindvigius! du sahst nicht, daß die Schelme
dich uzten und dein gutes Herz misbrauchten? doch bald
werden sie noch einen schlimmern Streich dir bereiten.

Einer der Brüder, der beste Kopf in Sauflingen über=
nahm es, unserm Helden eine gelehrte Predigt zu machen,
und begieng die unerhörte Falschheit an ihm, ein ganz ketze=
risches Thema zu bearbeiten. Seine Propisition war, christ=
liche Warnung vor Geheimnissen. Im ersten Teile
zeigte er die Gefahren des Glaubens an Geheimnisse über=
haupt, und im zweyten Theile gab er ein einzelnes Beispiel
an der Dreyeinigkeitslehre, auf welche er die im ersten
Theile empfohlnen Grundsätze anwendete.

Diese Predigt war in gewissem Betracht ein Meister=
stück. Der erste Theil enthielt die scharfsinnigsten Räsone=
ments über den Aberglauben und die kraftvollsten Ermah=
nungen zum freyen Gebrauche der Vernunft in der Reli=

gion. Und im zweiten Theile wurde, theils aus der Kir=
chengeschichte auf das gründlichste erwiesen, daß man in der
ersten Kirche von der heiligen Dreyeinigkeit nichts gewust
und, aus philosophischen Gründen dargethan, daß sie die
Vernunft empöre und unter die Greuel des Aberglaubens
zu rechnen sey.

Zum Unglück hatte unser Rindvigius weder Philosophie
noch Kirchengeschichte noch symbolische Bücher studiert und
— wenn er sie auch sämmtlich studiert gehabt hätte, so
verhinderte ihn doch der obgedachte Defekt seines grossen
Genie's, diese Predigt zu verstehen und die Gefahren zu
sehen, die sie ihm nothwendig zuziehen mußte.

Als daher der Koncipient sie ihm überreicht hatte, mit
der Betheurung, daß sie nach dem einstimmigen Urtheile
des Ordens eine wahre Universitätspredigt sey, nahm er
mit tausend Freuden sie an, lernte sie auswendig und hielt
sie mit einer Parresie, als wenn sie der natürliche Aus=
fluß seines eignen Geistes gewesen wäre.

Aber noch keine zwey Stunden hatte der Redner die
Kanzel verlassen, als schon der Pedell sich auf seiner Stube
einfand und die verstellten Glückwünschungen und Lobreden
seiner Brüder unterbrach. — Er überreichte folgendes Schrei=
ben des Prorektors.

„Nachdem der Studiosus Theologiä F r i e d r i c h R i n d=
„v i g i u s von Ochsenhausen sich unterfangen hat, in
„einer zwar mit vielem Fleisse ausgearbeiteten und
„mit gelehrten Kenntnissen prangenden Predigt, die
„Mysteria religionis überhaupt und das hochheilige
„Geheimniß der Dreyeinigkeit insonderheit öffentlich an=
„zuzapfen und so der doctrinae publicae frech und
„ungescheut zu widersprechen; so wird hiermit dem
„besagten Stud. Rindvigius dieser Unfug alles Ernstes
„verwiesen und alles Predigen und Katechisiren in Sauf=
„lingen auf immer und ewig untersagt" etc.

Das war ein wahrer Donnerschlag für das in Freuden schwimmende Herz unsers Kanzelredners. Schon beim Lesen fieng er an, am ganzen Leibe zu zittern. Und da er ans Ende kam und sich auf ewig die Kanzel verboten sahe, sank er ohnmächtig zurück und würde ganz ohnfehlbar am eisernen Ofen, vor dem er stand, seinen geistvollen Hirnschädel sich eingeschlagen haben, wenn nicht die Brüder zugefahren wären und das theure Leben ihres Seniors noch gerettet hätten.

Die Brüder mußten, da Rindvigius zu sich kam, alle ihre Beredsamkeit erschöpfen, um ihn zu trösten und einen schon in seiner Seele aufkeimenden Entschluß zum Selbstmorde, wieder rückgängig zu machen. Es wollte zwar alles, was sie ihm vorstellten, nichts fruchten, sondern er rang, troz aller Gründe der Beruhigung, seine Hände und weinte unaufhörlich. Aber endlich war einer der Brüder so glücklich einen Gedanken aufzufassen, welcher, wie ein Balsam, seine Lebensgeister wieder auffrischte und sein harmvolles Herz allmählig beruhigte.

Bruder, fuhr dieser plötzlich unter den Haufen hervor, und schrie im Tone der Zuversichtlichkeit auf ihn los, ich weiß warlich nicht, wie du dich über den Wisch des Prorektors härmen kannst. Ich hab's ja mit meinen Augen gesehen, daß die Pfaffen aus der Predigt liefen, und nach dem Hause des Prorektors eilten, um dich da zu verkleistern. Der eine sagte zum andern, (ich schlich ihnen nach,) warlich, wenn der Rindvigius noch eine solche Predigt hält, so fällt ganz Sauflingen ihm zu, und macht ihn zum Oberpfarr. — Da siehst du ja klar, Bruder, daß es nichts als Pfaffenneid ist, der dir diesen Wisch zugezogen hat. Weißt du was, laß die Predigt drucken, und du wirst sehen, daß der Herzog dir die erste Superintendur im Lande dafür dafür anbieten wird.

Der Bruder sprach diese Worte mit einer Art von
Kanzelstimme und drang dadurch so in das Innerste unsers
Rindvigius, daß er seine Augen wieder aufschlug, und mit
einem holden Lächeln seines Freundes Hand ergrif und
sie drukte. — Brüderchen, sagte er, du giebst mir das
Leben wieder. Warlich du hast recht. Ich will die Pre=
digt drucken lassen. — Rindvigius erholte sich wie ein
Licht, und in wenig Minuten wurde ein fröhliges Mahl
für den Abend beschlossen.

XIII.

Eine neue Liebschaft des Helden.

Drey Vierteljahr lang hatte unser Desperatisten=Senior seine Dulcinea Laberdan frequentirt und für ihre Verpflegung und Niederkunft so gut gesorgt, als es die verschiedenen hiezu erforderlichen Kräfte hatten gestatten wollen. Jezt aber, da die Unterhaltung des Kindes die Unkosten vermehrte und die Ordensangelegenheiten täglich grössern Aufwand erfoderten, begann mit der Kraft die Lust zu versiegen und sein erfinderischer Geist mußte angestrengt werden, das Uebel zu mindern, ehe es ihn niederbeugen konnte.

Ein Desperatistensenior konnte keine andern als desperate Heilmittel für desperate Zufälle ergreifen. Herr Friedrich Rindvigius entschloß sich daher kurz und gut, eine der verworfensten Kuplerinnen mit einem Briefe an seine Geliebte abzuschicken, in welchem er ihr rieth, sich der Vermittlung dieser würdigen Matrone zu bedienen, und mit guter Manier sich desjenigen Geschöpfes zu entledigen, für dessen Unterhaltung er die Kosten aufzubringen nicht im Stande sey.

Das Mutterherz erbebte bey diesem Antrage. Aber acht-tägige Unterhaltungen der Sauflinger Helfershelferin erweichten nach und nach die vesten Bollwerke, welche die Mutter Natur um jedes menschliche Herz geschlagen hat, um es vor Sünde und Schande zu bewahren, und bewirkten endlich denjenigen Grad von Leichtsinn, welcher unserm Rindvigius zuerst Kosten ersparte und hernach gar Gelegenheit schafte, sich des ewigen Einerlei's der Laberdanischen Reize zu entledigen und bei den schönen Variationen der Liebe sich glüklicher zu fühlen.

5

Dulcinea Laberban ward in einem ziemlich buchstäb= lichen Sinne nicht nur die Mörderin ihres Kindes, ob sie gleich selbst keine Hand angelegt hatte, sondern ließ sich auch in kurzem verleiten, von guten Freunden der Kuplerin an= derweitige Besuche anzunehmen. Daraus entstund in wenig Monaten ein förmlicher Bruch mit Sr. Herrlichkeit und — die schöne Dulcinea wurde, nach mancherlei Schiksalen, endlich die Ehefrau eines Soldaten.

Unser Held sahe sich also nun nach einem neuen Gegen= stande um, welcher seinem großen Geiste Nahrung und seiner Körperkraft volle Befriedigung gewähren konnte. Noch hatte er sich in diesem Punkte an gemeine Kost nicht gewöhnen können; was auch seine Brüder schon gethan hatten, ihn mit Kuplerinnen und Freudenmädchen in Bekanntschaft zu brin= gen; so hatte doch der lange Umgang mit seiner Dulcinea für ihn die glükliche Wirkung gethan, daß ihm die vernünftige Regel der Natur, die man E h r e nennt, zu einer Art von Bedürfniß worden war. Es schauderte ihn wirklich noch vor dem g e m e i n s c h a f t l i c h e n Genusse.

Seine Kommilitonen merkten den kleinen Eigensinn und es verdroß sie, daß er der einzige unter ihnen seyn sollte, der sich an eine Regel band. Sie beschlossen daher, ihn für diese Sonderbarkeit zu züchtigen und den Hohn, den er ihren Grundsäzen sprach, auf das empfindlichste zu rächen.

Der Direktor der Sauflinger Universität hatte eine ein= zige Tochter, welche in der ganzen Gegend für die schönste und tugendhafteste ihres Geschlechts gehalten wurde. Rind= vigius hatte sie oft schon gesehen, bewundert und — nach ihr geseufzt. — Bruder, das ist das Mädchen, sagte ihm einst, nach genommener Abrede, ein Desperatist, auf welches du Jagd machen mußt. Hast du nicht gesehen, wie sie nach dir schielt, wenn du vorbei gehst? — der arme Rindvigius glaubte das und — beschloß, sich in sie zu verlieben.

Den andern Tag erhielt er einen Brief von einer unbekannten Weibsperson. Er erbricht ihn. Er erblikt den Namen, Charlotte. Er zittert vor Freuden. Er ließt:

Nach langem Kampfe, mein schönster Herr Rindvigius, der meinem Herzen die empfindlichsten Qualen gekostet hat, hat endlich Ihre lezte Predigt, die Ihnen so viel Neid und Verfolgung zugezogen hat, über alle Bedenk= lichkeiten gesiegt und mich zu dem gewagten Schritte verleitet, Ihnen mein Herz und meine Hand anzu= bieten. Wenn ich bei Niederschreibung dieses Geständ= nisses von den möglichen Folgen desselben erzittere, so ist die Grösse Ihres Geistes und die unbewegbare Tu= gend Ihres Herzens, der einzige Trost, der mich aufrichtet, und der eine erwünschte Antwort hoffen läßt

Ihrer

Charlotte.

Jezt drang das ganze göttliche Feuer der Liebe auf einmal in die Seele des Helden und er eilte mit glühenden Wangen und hochschlagendem Herzen zu seinen Brüdern. Sehet, sprach er, ob meine Standhaftigkeit, die ich euren Rathgebungen entgegengesezt habe, nicht belohnt wird. Hier bietet mir ein Fraenzimmer ihre Liebe an. Und ich schwöre drauf, es ist Charlotte R .... welche, wie ihr sagt, immer mir nachsieht, wenn ich vorbeigehe.

O bei Gott schrieen die Brüder, das ist sie. Das ist keine andere. — Ich, schwur der eine, kenne ihre Hand. Ei, das ist ja, sagte ein anderer, ihr Siegel. O, was der Mensch für einen impertinenten Treffer hat, kreelte ein dritter. Warlich das ist zu arg, das erste Mädchen im Lande uns so wegzuschnappen. — Rindvigius zerfloß in Seligkeit.

Hüpfend eilte er nach Hause und sezte sich, eine Ant= wort zu koncipiren, welche im Stande war, sein Glück auf ewig zu bevestigen. Er schnitt sich zwölf neue Federn. Er

5*

legte dreh Buch Papier zurecht. Er ließ ein ganzes Maaß
der besten Dinte sich holen. Und nun — begann er nachzu=
denken.

Wie nenne ich sie? Soll ich den standesmäßigen Titel
ihr geben? — Er schlägt das Titularbuch auf. Ja ihr Vater
ist geheimer Rath und Direktor; — da müßte ich so schrei=
ben. Er schreibt: — „Hochwohlgebohrne, Hochgelahrte in=
sonders Hochzuverehrende Mamsell." — Er betrachtets, schüt=
telt den Kopf, streichts aus. Nein, das ist zu steif. Sie hat
ja an mich auch ohne Titulation geschrieben. Wart, das will
ich auch thun. Und — o das ist ein herrlicher Einfall
— ich will just so anfangen wie Sie, — mit: nach. Er sezt
an.

Nach langen Kreuzfahrden des Schigsals, mein schönste
Mamsell N.... welche ich, ihr schönster Friedrich
Rindvigius, wie Deroselben selbstigen Worde lautende,
in diesem Chammerdale überstanden haben thue —

Er stokt, überließt das geschriebene, schüttelt den Kopf.
Es klingt doch warlich so schön nicht, wie ihr Brief. Weis
der Henker, worans liegt. Er streicht seinen Brief aus,
nimt einen neuen Bogen, fängt wieder an zu schreiben.
Aber alle Versuche sind vergeblich. Er streicht zwanzigmal
aus, nimmt zwanzigmal einen frischen Bogen, staucht zornig
die Feder auf den Tisch, ergreift eine neue und wieder eine.
Endlich da alle Federn verschrieben und ein Buch Papier
mit mislungnen Koncepten verdorben ist, springt er verzwei=
felnd auf und beschließt, zu dem Koncipienten seiner Predigt
zu gehen, und sich einen Brief von ihm machen zu lassen.

XIV

Des Herrn Rindvigius Schwangerschaft mit einem Liebesbriefe und endliche Entbindung.

Unterweges fiel dem neuen Liebesritter ein Gedanke ein, der ihn plötzlich still stehen hieß, und beinahe ganz ab= gehalten hätte, bei seinem S a n c h o P a n s a Hülfe zu suchen. Seine Phantasie führte ihn auf einmal das h o h e L i e d Salo= monis vor, welches er auf Schulen auswendig gelernt und, mit innigster Theilnehmung an dessen schlüpfrich schönem Inhalte, der frommen Beate vordeklamirt hatte. Halt, dachte er bei sich selbst, das giebt dir ja einen Liebesbrief an die göttliche Lotte, der seines Gleichen nicht hat. Da kanst du ja, wie man jezt überall b i b l i s c h e S y s t e m e schreibt, einmal einen b i b l i s c h e n B r i e f abfassen. Der Blix! wie wird die schöne Lotte schmunzeln, wenn du ihr so eine Lobrede hältst und dich von ihren Reizen gefesselt zeigst.

> Dein Bauch ist wie ein Waizenhaufen,
> Deine Brüste sind wie die Thürme Siloah,
> Deine Nase wie eine Ceder Libanons!

Aber es ging hier leider dem armen Rindvigius wie der Elster, die über dem Geplauder mit dem Fuchse den Käse aus den Schnabel verlor. Indem er diesen herrlichen Einfall beliebäugelt, kommt sein Koncipient um eine Ecke herum. Ei guten Tag, Herr Bruder, woher? — Du stehst ja so tiefsinnig da?

Rinv. Ja, Herr Bruder, ich habe Dir auch den Kopf so voll, daß er plazen möchte.

Br. O laß das bleiben, Herzensjunge. Das scharfe Denken ist unter allen Operationen die gefährlichste. Wie mancher Gelehrte hat sich darüber eine Ader im Gehirn zersprengt und hat daran sterben müssen.

Rindv. (erschroken) das Gott erbarm, sieh doch nach, ob nicht schon eine bei mir entzwey ist. (er hält ihn den Kopf hin.)

Br. Noch — sind sie alle ganz.

Rindv. Gott sey Lob und Dank. Ich will auch nun mich für dem Nachdenken hüten. Weißt du was, Brüderchen, du mußt mir ein Stük Arbeit abnehmen, was mir eben so viel Kopfbrechens gekostet hat. Da hat die N . . . . wie du weißt, an mich geschrieben und ich will ihr gern recht zärtlich antworten, und — ich weiß selbst nicht wie's zugeht, — ich kan dir nichts zu Markte bringen, und ich bin schon ganz besperat darüber geworden.

Br. O ho, wenns weiter nichts ist. So einen Brief sollst du in einer Stunde haben. Was soll drinnen stehen?

Rindv. Je nun, das wirst du ja selbst wohl wissen. Ich mag mich nicht gern zu sehr mit denken angreifen.

Br. Nun — daß Du von Ihren Reizen bezaubert bist, daß Du sie für die schönste Jungfrau in Sauflingen hältst, daß du nach ihr schmachtest und ganz von Sehnsucht abgezehrt würdest. — So ohngefähr. Nicht so?

Rindv. (freudig) Ja, ja, ja. Vortreflich. Das ist so ganz mein Gedanke. Besonders das lezte, Bruder, sag ihr recht nachdrüklich. Denn ich schwöre dirs, aber es bleibt unter uns, ich habe mich nun seit sechs Wochen schon gehalten und möchte manchmal rasend werden vor —

Br. Ich verstehe dich ganz. Laß mich machen.

Nun war leider das Hohelied vergessen. Rindvigius eilte entzükt nach Hauße, ließ sich ein halb Buch holländisch Papier mit goldnen Schnitt holen, schnitt neue Federn, und schickte sich auf alle Weise an, den schönen Liebesbrief abzuschreiben, und auf diese Art eine fortgesezte Korrespondenz zu beginnen. Bruder R a u f d e g e n (so hieß der Koncipient) erschien nach einer Stunde und laß ihm den Brief vor.

Himmelssonnenwonnigstes Mädchen!

Nach langem Kampfe meines von allen Seiten bestürmten Herzens, habe ich endlich alle Anträge von Gräfinnen und Baronessen ausgeschlagen (R i n d v. während dem lesen, hi, hi,) und mich entschlossen, Ihnen, mein zuckersüßes Herzenstäubchen, allein zu leben und zu sterben. Ihre franzblauen Augen, Ihre blutrothen Bäkchen, Ihre elastischen Brüste, kurz, alle ihre Reitze sowohl die sichtbaren als die unsichtbaren (hi, hi!) haben mich dermaßen und also benebelt, bezaubert und hext, daß ich nichts denke und nichts träume als Sie, daß mich alle Mädchen in der weiten Welt anstinken, daß ich nur Sie mir wünsche und nach Ihren wonnevollen Umarmungen mich sehne. (hi, hi!) Ich acceptire also, in bester Form, Höchstdero mir gethane Antragung Ihrer Hand und Ihres Herzens, und schwöre Ihnen bei meiner Seel und Seeligkeit ewige Treue. (bravo! Herr Bruder!) Ich stöhne dem Augenblike entgegen, in welchem ich zum erstenmale von Ihnen gewürdiget werden soll, Sie an mein helloberndes Herz zu drucken und Ihnen die ganze Flamme meiner Liebe fühlbar zu machen. (hi, hi!) Ja ich muß Ihnen aufrichtig bekennen, daß die helle Wuth mich verzehren wird, wenn sie lange zögern und die Vollendung unserer Verbindung aufschieben sollten. Antworten Sie bald recht tröstlich und erfreulich

Ihren bis in den Tod geweihten, mit Haut und Haar Ihnen ergebnen und ewig getreuen Herrn Friedrich Rindvigius.

Unsers Helden Freude über dieses Koncept war unbeschreiblich. Er umarmte den Bruder Raufdegen und hätte

beinahe mit herzen und küssen ihn erstikt. Der Briefsteller
ging und Rindvigius hub an zu kopiren.

Da er an die Worte, zukersüsses Herzenstäubchen, kam,
mußte er niesen und erschütterte dabei die Feder so, daß drey
grosse Klekse entstunden. Wie gut wars also, daß ein halbes
Buch dieses feinen Papiers angeschaft war. Was lag ihm
an einen Bogen Papier für sechs Pfennig. Seine Lotte
brachte ihm ja ein Vermögen von 50 000 Gulden zu.

Aber leider Gottes ging das ganze halbe Buch drauf.
Rindvigius konnte sich schlechterdings nicht enthalten, bei
den schönsten Stellen des Koncepts bald zu wihern bald
zu gikern und, so oft ihm das begegnete, ließ die zu volle
Feder, von dem zu vollen Herzen erschüttert, einige Tropfen
fallen und verdarb den Bogen. Und so fieng unser Rind=
vigius einen Bogen nach dem andern an zu beschreiben,
plagte sich und schwizte bis auf den Abend, konsumirte
das ganze halbe Buch, und hatte keinen Brief ohne Dinten=
klekse zu Stande gebracht. Seine Finger und Manschetten
sahen aus, als wenn sie in Dinte gebadet worden wären.
Und selbst sein Gesicht, wohin er sich, wenn er über einen
neuen Kleks erschrak, zu greifen pflegte, war über und
über getiegert.

Da die Ordensbrüder das ganze Spiel veranstaltet hat=
ten, so muste des Abends schon wieder einer zu dem Herrn
Rindvigius steigen und rekognosciren, wie weit die Liebes=
geschichte vorgerükt sey. Dieser öfnet das Zimmer und thut,
indem er den Helden erblikt, einen lauten Schrei.

Br. Was Höll und Teufel! Ich glaube du hast mit
dem Satan einen Bund gemacht? Oder hast du in der Feuer=
esse gestekt?

Rindv. (erschrikt.) Was willst du Brüderchen? Ich
habe so wahr Gott lebt, keinen Teufel gesehen.

Br. (zeigt ihm seine Hände und Manschetten und
holt den Spiegel dazu, daß er sich besehen kan.) Da sieh

doch Bruder! — Entweder du haft mit dem Teufel ein
Spiel, oder er mit dir.

Rindv. (fängt an zu zittern und zu beten.) Ach
Bruder ich warrlich nicht. Aber — hole mir — dort —
mein Gebetbuch. (Macht sich ein Kreuz an Stirn und Brust)
Gott sey mir gnädig und barmherzig! — Ach geschwind
das Gebetbuch.

Br. Kerl, bist du doll? Du wirsts doch nicht für
Ernst halten? Du siehst ja, daß es Dinte ist.

Rindv. (der sich rekolligirt) Ach nun bin ich froh.
Ja, jezt besinne ich mich, ich habe seit sechs Stunden an
meinen Briefen geschrieben, und bin mit der Hand zuweilen
ins Gesicht gefahren. O liebes Brüderchen, wenn du so
gütig wärst, und mir den Brief abschriebst.

Aber der Ordensbruder hatte dazu keine Luft, weil
es Abrede war, daß keiner sich mit der Sache unmittelbar
abgeben sollte, damit, wenn der Spaß publik würde, sie
nicht zur Strafe gezogen werden möchten. Er versicherte
den guten Rindvigius, daß die Mamsel seine Hand ohn=
fehlbar schon kenne, und daß er also schlechterdings den
Brief selbst schreiben müsse. Dabei gab er ihm den Rath,
die Dinte in eine Unterschale zu giessen, damit er nicht
wieder die Feder so voll nehmen könnte.

Rindvigius wusch sich, vollendete den Brief, der indessen
ohne Fleke doch nicht blieb, und — die guten Anstalten der
Brüder rissen ihn aus der Verlegenheit, in welche er durch
den Mangel einer Gelegenheit, den Brief hinzuschicken, ge=
rieth. — Die Weibesperson, welche Lottens Brief über=
bracht hatte, erschien — brachte ein mächtig großes Kom=
pliment von ihrer Mamsel — betheuerte, daß das gute
Kind Tag und Nacht keine Ruhe hätte — und bat sich die
Antwort aus.

Freudetrunken eilten Se. Herrlichkeit den Brief zu sigeln und zu abressiren, und mußten bei diesem Geschäft noch das Herzeleid erleben, daß das brennende Siegellak Dero Finger ergrif und — da Dieselben vor Schmerz aufsprangen und alles im Stiche liessen — den halben Brief verzehrte. Indessen tröstete ihn die Frau, daß auch ein halb verbrannter Brief Herzstärkung für die kranke Lotte seyn würde. Sie nahm den Brief ungesiegelt und unbeschrieben und überließ dem armen Rindvigius seinen Schmerzen.

XV

Die Liebe wird gekrönt.

Die Brüder ließen unfern Helden nicht lange harren. Sie beforgten des andern Morgens, durch das nämliche Weib, eine Antwort, welche ihn in neue Beängstigung verfezte. Charlotte schrieb ihm, daß sie über seine Erklärung faft vor Freuden närrisch geworden sey, und daß sie sogleich eine Stunde für die erste Zusammenkunft beftimmen würde, wenn er einige wenige Punkte nur noch berichtigen wollte, auf welchen die Volziehung ihrer wechselseitigen Verbindung beruhe. Diese Punkte betrafen seine G e b u r t und seine V e r m ö g e n s u m ft ä n d e.

Das Weib war kaum zum Hause hinaus, so kam schon Bruder Raufdegen und wollte Zeuge seiner Beftürzung seyn. — Nun Brüderchen, schrie er ihm beim Eintritt zu, ich habe eben die Magd der Mamsel N. . . . aus deinem Hause gehen sehen, haft du gute Nachricht? Soll ich gratuliren?

Aber der arme Rindvigius konnte nicht antworten. Er war schon auf seinem Grosvaterftuhl hingesunken und rang seine Hände. Ach Gott, Bruder, ich bin unglüklich. Meine Lotte will meine Geburt und Vermögensumftände wissen. Und es ist hell und klar, daß die ganze Sache rükgängig wird, wenn die Wahrheit an den Tag kommt.

Biſt du nicht ein Narr, erwiederte der Schalk, daß du dich über solche Dinge ängſteft. Weißt du denn, daß ein Kerl wie du, der alle Tage Generalſuperintend werden kan, und der solche körperliche Talente hat, wie du, ein Mädchen darum verlieren wird, weil er eines Bauern Sohn

und ohne Vermögen ist? Gleich seze dich und schreib. Ich
will Dirs diktiren.

Rindvigius that alles. Er setzte sich und schrieb. Rauf=
begen diktirte ihm die allerwiedrigsten Geständnisse und er
— sandte sie an seine Lotte.

Und nun erwuchs eine Korrespondenz von acht Tagen,
welche die listigen Unterhändler so einrichteten, daß Rind=
vigius mit jedem Tage verliebter und bis zur Verrückung
hitzig werden mußte. Jeden Tag erhielt er einen, auch zu=
weilen zwey Briefe, die er im Schweisse seines Angesichts
beantworten mußte. Und jedes Schreiben seiner göttlichen
Lotte ward ihm neue Freude und neue Beängstigung.

Endlich beschlossen die Brüder den letzten Auftritt des
Drama zu spielen. Lotte mußte sich ergeben und ihren
Donquixot, in ein Hauß bestellen, wo sie, jedoch im Finstern,
damit der Name ihrer Familie auf keine Weise in Gefahr
gerathen möchte, ihn erwarten und die Ringe mit ihm wech=
seln wollte.

Die erste Scene dieses Auftritts war die allerpossir=
lichste. Sämmtliche vierzig Brüder versammlen sich bey
Sr. Herrlichkeit, um theils ihre Glükwünsche in corpore
abzustatten, theils die Toilette des glüklichen Adonis be=
sorgen zu helfen. Rindvigius hatte zwar selbst schon
mit seinem erfinderischen Genie den herrlichsten An=
zug veranstaltet, aber die Brüder wußten ihm alles
wieder zu verleiden. Er mußte ihnen seine Ausstaf=
firung überlassen. Ein jeder brachte sein Kontingent und
Rindvigius nahm alles für Huldigung seiner Vollkommen=
heiten an. Der eine überreichte ihm ein paar Schuhe von
schwarzen Handschuleder mit rosenrothen Absätzen, welche,
noch vor seinem Einzuge in das Audienzzimmer seiner Huld=
göttin, zerplatzen mußten. Ein anderer brachte ihm ein
paar ziegelrothe alte seidene Strümpfe, wie Spinnengewebe.
Ein dritter gab ihm ein paar neue Hosen von Goldzindel.

Ein vierter schleppte eine Menge Bänder herbey, mit welchen verschiedene Theile seines Leibes gezieret werden sollten, u.s.w.

Man fieng mit den Füssen an. Ein gemietheter Kam=merdiener zog ihm die Strümpfe an, und erschöpfte alle seine Kunst, um sie ganz an die Beine zu bringen. Doch fingen schon hinten in den Waden ein paar Augen an aufzugehen und die behaarten Füsse sichtbar zu machen. Nicht minder Behutsamkeit erfoderten die so verletzlichen Schuhe. Die Zindelhosen waren ungefuttert und hatten bloß Streifen Leinwand inwendig auf den Näten, damit sie ohne zu schlitzen, an die Beine gebracht werden konnten. Rind=vigius stand in puris naturalibus, freute sich wie ein König, und ließ sich das goldne Nez an seinen Lenden heraufziehen und mit einem blauen Bande statt des Gürtels zubinden. Darauf wurde ihm ein Oberhemde angelegt, dessen Mann=schetten zwey Zoll über seine Finger herabhingen, so daß er nichts angreifen konnte. Sofort stekte man ihn in eine grüne Weste, welche von feinem Papier verfer=tiget, und mit lauter Amors und verwundeten Herzen be=mahlt war: welches unserm Rindvigius die allergrößte Freude machte.

Itzt trat der Friseur auf, hieng ihm einen Puder=mantel um und arbeitete seinen diken Kopf bis zur Stärke eines halben Oxhoftfasses. Das Duppee war einer halben Elle hoch und die Seitenhaare stunden wie die beiden großen Kirchthüren an der Marktkirche zu Sauflingen. Auf dem Haarbeutel, einer Elle lang, prangte eine Schleife von orange=gelben Bande und ein Straus von Astern und Afrikanen, eines Pfundes schwer.

Nach Vollendung des Kopfpuzes erschien der Kam=merdiener noch einmal und legte ihm einen schwarzen Sammtrok an, den die Brüder von einem Trödler geborgt hatten, welcher ihm bis an die Waden hinabreichte und gesteifte Schöße hatte, die wie ein Reifrock hinten hinausstunden. Darauf legte man ihm einen großen H i e b e r an und präsentirte ihm einen mit Taffet überzognen Chapeausbashut, welcher die Größe eines mässigen Oktavbandes hatte.

Unser Rindvigius war bey dieser ganzen Scene stumm. Denn das Gefühl der Seeligkeit hatte seine Sprache erstikt. Da alles an ihm vollendet war, besah er sich im Siegel und — that vor berauschender Freude, einen Sprung, daß Schuh und Strümpfe platzten und einstweilen mit weissen Zwirn wieder leicht geheftet werden mußten.

Es war die Mitternachtstunde, in welcher zwey der Brüder unsern Liebeshelden bis an das Hauß begleiteten. Die andern aber schlichen sich auf einem Sparwege hinein, um den letzten Akt selbst mit anzusehen. Sie hatten eine durchlöcherte Papierwand machen lassen, hinter welcher sie stehen und die Scene beschauen konnten.

Da Rindvigius an die Thüre des Hauses kam und die Chapeaus d'honneur-Brüder sich beurlauben wollten, überfiel ihm eine erschrekliche Angst. Das Gott erbarm, schrie er, ich weiß ja nicht, wie ich sprechen soll, wenn ich zu ihr komme. Sagt mir doch nur eine Anrede.

Br. (schieben ihn hinein) Ei so geh doch Narr, und sorge dafür nicht. Ein Wort giebt da das andere. Sprich, guten Abend, Herzchen!

Rindv. (sträubt sich) Herr Jesus, sagt mir doch nur, wie ich sie titulire.

Br. Narr, krieg sie beim Kopfe und sage weiter gar nichts. (Sie schieben ihn mit Gewalt hinein.)

Die Frau, welche die Briefe überbracht hatte, empfing ihn und stillte sogleich seine Herzensangst. Die Mamsel ist hier in der Kammer, sagte sie, und läßt Sie inständig bitten, ja kein lautes Wort zu sprechen. Sie wird Ihnen in aller Stille den Ring geben. Sie haben doch das Gegenstück bey sich?

Rindv. (fröhlig) Ach mein Herzensfrauchen, das ist herrlich. Den Ring hab ich. Ich will kein Wort sprechen. Aber küssen darf ich sie doch.

Fr. Versteht sich. Mand hübsch dreist.

Der gute Junge wurde eingelassen und fiel wie ein Trunkner seiner vermeinten Lotte um den Hals, an deren Stelle man ihm den aller verbrauchtesten Nickel in erborgten Kleidern zugeführt hatte. Es brannte ein dunkles Lämpchen. Die Dirne hielt sich immer mit dem Rücken gegen das Licht. Rindvigius begnügte sich, das seidne Kleid zu fühlen, und die hohen Federn auf dem Kopf wedeln zu sehen. Er wurde von den Umarmungen der Dirne glühend, zitterte und bebte vor Liebeswuth und glaubte endlich, da die Schöne sich lange gnug gesträubt hatte, den ruhmvollsten Triumpf der Liebe zu geniessen, da sie — — — — — —

XVI

Nachwehen.

Die Brüder hatten es mit der Dirne verabredet, daß sie ihren Adonis bald verlassen und es ihm zur Bedingung ihrer Treue machen sollte, bis Tagesanbruch in der Kammer zu bleiben. Rindvigius war folgsam wie ein Lam. Er entschlief nach gehabten Strapazen auf dem Bette seines Triumphes und erwachte erst um sieben Uhr des Morgens, wo er sich ganz ruhig von seinem Lager erhob, und, ohne viel Umstände seinen Hut ergreift und sich nach Hause begab.

Aber unterwegs schon bekam er Gelegenheit auf dem gespielten Betrug aufmerksam zu werden. Die Schuhe waren zerplatzt, die Strümpfe hingen ihm wie Lunten um die Beine, und die Hosen bedekten nur kümmerlich noch seine Blösse. Der Pöbel lief ihm nach. Die Jungen begleiteten ihn mit fürchterlichem Jubel. Er fieng an zu laufen, verlor den einen Schuh, und kam — mit Müh und Noth — noch in sein Haus, ehe die letzten Stücken von der Zindelhose und der Papierweste ihm entfielen.

Der Schrecken über diese unvermuthete Begleitung hatte unserm Rindvigius dermassen angegriffen, daß er sich zu Bette legen mußte und einen Anfall von Fieber bekam. Seine Brüder besuchten ihn, stellten sich unbekannt mit allem was vorgefallen war, und baten sich aus, den schönen Ring zu besehen, den er von seiner Braut empfangen hatte.

So hart die Alteration auch den armen Ritter ange=
griffen hatte, so wars doch, als ob jetzt einige Lebens=
kraft sich wieder in ihm regte, da man ihn an die himm=
lische Lotte erinnerte und es ihm plötzlich einfiel, daß er
den Ring selbst noch nicht besehen hatte. O geschwind,
Brüderchen, rufte er dem einen zu, dort in der Westentasche
stekt er. Hole mir ihn doch. Ich habe ihn, bey Gott,
noch nicht mit Augen gesehen.

Br. (der die Weste sucht und nichts als Stüken findet.)
Was Teufel hast du diese Nacht für Riesenkämpfe ge=
habt? da ist kein Stück mehr von der Weste zu haben,
das einen Teller groß wäre. (Er sucht) Das Gott er=
barm, die Taschen sind abgerissen und der Ring ist fort.

Rindv. (springt wütend auf) Was? der Ring wäre
fort. Bruder, du mußt ihn haben. (er sucht die Weste)
Was ist das? das ist ja eine Weste von Papier? (grimmig)
Hört mal, ich glaube gar, ihr habt mich zum Narren
gehabt. Ist das Manier, daß man dem Bräutigam einer
Geheimderathstochter solche Kleider anlegt, die ihm vom
Leibe fallen?

Br. Brüderchen, werde nicht hitzig, sonst mußt Du
dich mit uns schlagen. Wir haben Dir die Kleider neu
machen lassen. Was können wir dafür, daß Du sie in
einer Nacht verdirbst?

Es kostete Mühe den ergrimmten Helden zu begütigen.
Doch half seine angeborne Glaubwilligkeit, die er bereits,
in den Vorlesungen des Sauflinger Primarius über die
Dogmatik, zur größten Fertigkeit gebracht hatte, endlich seine
Gluth auslöschen. Er ließ sich überzeugen, daß er den
Brüdern für ihre Theilnahme an seinem Glücke noch Dank
schuldig sey, und bat des bezeigten Verdachts halber demüthig
um Verzeihung.

6

Indes war diese Ruhe von keiner langen Dauer. Das Fieber, was ihn überfallen hatte, war nicht bloß Folge von Alteration. Das Gift, welches er diese Nacht von der vermeinten Lotte überkommen hatte, tobte in seinen Adern und kündigte seine ungestümmen Wirkungen durch ein Fieber an. Rindvigius bekam Hitze. Er ließ des Nachmittags einen Arzt rufen und erfuhr, daß die galante Krankheit, sich bey ihm eingefunden habe.

Zum Unglück hatten die Herrn Desperatisten an dem Tage gerade ein Fest, welches sie auf einem benachbarten Dorfe celebrirten, und dem sie die ganze Nacht zu widmen pflegten. Rindvigius war also, gerade in dem kritischsten Zeitpunkte seines Lebens, sich selbst überlassen. Er setzte sich im Bette auf, ließ von der Aufwärterin sich Schreibmaterialia bringen und schrieb in der ersten Hitze an Charlotte N . . . . . einen wüthenden Brief, in welchem er ihr, ohn alle Einkleidung sagte, daß sie ihn angesteckt habe, und sobald er wieder ausgehen würde, seine bitterste Rache empfinden solle.

Man denke sich die Verwirrung, in welche Charlotte N . . . . gerathen mußte, da sie einen solchen Brief erhielt. — Sie lief in der ersten Bestürzung zu ihrem Vater und bat ihn, mit Thränen und Händeringen, ihre Ehre zu retten. Der alte Geheimderath machte sich augenblicklich auf, nahm den Brief zu sich, und kam zu unsern Liebeshelden aufs Zimmer.

Geheimderath (der den Rindvigius im Bette blaß und sich erblickt) Herr, wenn sie nicht schon wie eine Leiche aussähen, so würde ich sie augenblicklich bey den Haaren nach dem Gefängnisse schleppen lassen. Verruchter Bösewicht, was hat Sie bewogen, an meine Tochter diesen Brief zu schreiben?

Hatte Rindvigius vorher getobt und geflucht, so war er jetzt desto verstummter. Der Anblick eines ehrwürdigen Mannes erschütterte ihn. Er sah ihn starr an und war nicht vermögend, ein Wort hervorzubringen.

Ich sehe, fuhr der Geheimderath fort, daß das böse Gewissen ihre Sprache hemmt. Aber wissen Sie, elender Mensch, daß zehn Jahr Festung die geringste Strafe seyn soll, mit welcher Sie ihr Verbrechen büssen werden.

Hier ging die Alteration des Unglüklichen in Weh= muth über. Und er fieng an, bitterlich zu weinen. — Der Geheimderath faßte sich. Herr, sagte er, ich sehe jetzt, daß Sie ein Schaf sind. Böse Buben haben Sie zum Narren gehabt, und Sie haben sich bereden lassen, eine feile Dirne für mein Kind anzusehen. Das einzige Mittel, durch welches Sie Ihrem Unglük entgehen können, ist, daß Sie mir jetzt gleich alles haarklein beichten und die= jenigen überliefern, welche Ihre Einfalt gemißbraucht haben, meiner Tochter einen Schandfleck anzuhängen.

Jetzt wards unserm Rindvigius leichter ums Herz, da er seine Rettung erblikte. Er fieng an zu beichten, und dem Direktor die ganze Geschichte zu erzählen, von seiner Aufnahme in den Orden an bis an den Morgen, an welchem ihn der Pöbel nach Hause begleitet hatte. Er that noch mehr. Er übergab dem Direktor seine Koffer= schlüssel und ließ denselben Archiv, Insignien und alles, was zu dem Desperatisten=Orden gehörte, in Beschlag nehmen und — erhielt dafür die Versicherung, daß er mit aller Strafe verschont werden sollte.

Der Direktor gieng. Die Ordensbrüder wurden des andern Tages sämmtlich in Verhaft genommen, und ganz Sauflingen freute sich, daß diese Race der nichtswürdigsten Menschen gänzlich ausgerottet werden würde.

Aber die Hofnung schlug fehl. Die Brüder waren auf solche Fälle schon gefaßt. Sie sagten im Verhör alle einmüthig aus, daß sie den Herrn Rindvigius gar nicht kennten. Sie leugneten, daß das Archiv und die Insignien ihnen etwas angieng. Sie bewiesen sogar aus dem Namenbuche, daß Rindvigius boshafterweise die ganze Ordensgeschichte erdichtet haben müsse, um sie ins Unglük zu bringen, weil es ja offenbar lauter Namen solcher Personen enthalte, welche nirgends existirten. Kurz, die Bande log und schwur sich durch, und der arme Rindvigius mußte selbst noch einen Theil der Untersuchungskosten bezahlen und zwey Monat unter den größten Schmerzen zubringen, ehe er von seiner Krankheit wieder hergestellt wurde.

XVII

Des Herrn Rindvigius Beförderung.

Die Liebesgeschichte war zu Ende, aber lange noch nicht die Leiden unsers Helden. Vielmehr schien es, als ob nun erst alle Unglükswolken sich über seinem Haupte zusammenziehen und seinen großen Geist zur Muthlosigkeit und Verzweiflung niederdonnern wollten.

Der Desperatistenorden wurde in eben dem Grade ihm feind, in welchem er ihm vorher eine, wenigstens verstellte, Freundschaft und Ehrerbietung erzeigt hatte. Die Brüder verschworen sich, die empfindlichste Rache wegen der begangnen Verrätherey an ihm auszuüben. Sie theilten sich in zehn Trupps, welche wechselsweise die Wache in seiner Straße nahmen. Und Rindvigius konnte von nun an des Abends nicht mehr ausgehen, ohne beim Hingange und der Rükkehr einige Dutzend Peitschenhiebe davon zu tragen. Er mochte einen Weg nehmen, welchen er wollte, so ward er von ein paar Karbatschen überfallen. Seine Waden, seine Lenden, sein Rücken wurde in kurzem wie eine Birkenrinde. Ja es kam zuletzt so weit, nachdem er ein ganzes Vierteljahr lang alle Abende seine Tracht Schläge empfangen hatte, daß er mit der Dämmrung zu Hause seyn und wie ein Staatsgefangner leben mußte, dem es nur am Tage vergönnt ist, freye Luft zu schöpfen.

Mit diesem Unglück vereinigte sich ein noch weit fürchterlicheres Uebel. Er hatte für seine undankbaren Ordensbrüder solche Summen verschwendet, daß er in einer Zeit von zwey Jahren über 800 Thaler Schulden auf dem Herzen hatte. Und eben jetzt, da alle Freunde ihn verliessen, und alle menschliche Gesellschaft ihm entzogen war, eben jetzt brachen seine hartherzigen Gläubiger los und bestürmten ihn mit ihren Foderungen. — Einige Wochen lang halfen Bitten und Vertröstungen, aber da diese Abspeisung solche Gäste nur alzugeschwind ersätigte, so wurde ihm von sämmtlichen Kreditoren ein Termin gesetzt, nach dessen Verlauf er gefänglich eingezogen werden sollte.

Noth lernt beten. Rindvigius hatte sich mit der ekelhaften Operation des Nachdenkens sehr wenig abgegeben, aber jetzt mußte er seinen armen Kopf anstrengen, um sich aus diesem Labyrinthe heraus zu finden. Er versuchte alles. Er schrieb an seine lieben Eltern und flehte um Rettung. Er wandte sich an seine Beate. Er ließ Bettelbriefe an alle seine alten Freunde und Bekannte ergehen. Aber überall — konnte oder wollte man nicht.

Auf den Gipfel der Verwirrung, beschloß er endlich, des Nachts von Sauflingen auszumarschiren und den Geldkasten der Federstädter Matrone entweder, mit den gütlichen Versuchen des ekligten Zungen und Fingerspiels bey Vorlesung des Kubachs, an sich zu ziehen, oder ihn, wie eine Festung, mit Sturm zu erobern. Aber eben da sein Genie diesen Meisterstreich ausgebrütet hatte und schon die Nacht der Abreise festgesetzt war, erhielt er Briefe von Federstadt, daß Donna Beate entschlafen sey, und seinen ehemaligen Herrn Schwiegervater Laberdan zum Erben eingesezt habe.

Und nun fehlte kein Haar, so hätte Rindvigius durch einen Selbstmord diese Geschichte zu meinen (des Verfassers) und des Verlegers größten Schaden abgebrochen. Wirklich mußten jezt die Quahlen seiner Seele den höchsten Grad erreichen. Er sahe die lezte Hofnung, die er sich je machen machen konnte, seine Kreditoren zu bezahlen, vereitelt. Er sahe sich seines bisherigen Einkommens und sonach alles Unterhalts auf ewig beraubt. Und was das schreklichste war, er erblikte ein Vermögen von 80000 Thalern in den Händen

eines Mannes, dessen Tochter er freiwillig verlassen hatte.
hatte. Wahrhaftig, eine solche Summe gleichsam aus dem
Beutel verlieren und dabei nicht ein einziges Rettungs=
mittel mehr vor sich sehen, auch nur des Hungers sich
zu erwähren — das mußte einen jeden an den Abgrund der
Verzweiflung führen, der auch nur halb so viel Magen=Talent
und Geschlechtsbedürfniß hatte, wie unser Rindvigius.

Aber hier sahe man, was wahre Geistesgrösse vermag.
Rindvigius blieb bei allen diesen Stürmen seines Lebens un=
erschüttert. Er flente sein Stükchen, wenn er in vier und
zwanzig Stunden einmal sein Schikfal überdachte (denn öfters
konnte sein feines Nervensystem die Operationen des Nach=
denkens nicht aushalten) und wenn diese Augenblike
vorüber waren, so schikte er ein Buch, oder ein Hemde, oder
des etwas zum Trödler, und ließ sich ein zwey Groschenbrod
und eine Kälberkeule dafür holen und abbraten, und unter=
brükte mit dieser narhaften Last alle Gedanken, die ihn
hätten beunruhigen können.

Es gab boshafte Leute in Sauflingen, welche dieses
erhabne Benehmen als eine scheusliche Indolenz betrach=
ten, die nur in einem eigentlichen Originale von Dummheit
und Stupidität statt finden könne; aber wir sind von der
Einsicht unsrer Leser versichert, daß sie aus dieser unserer
Geschichtsklitterung den grossen Rindvigius in einem weit
vortheilhaftern Lichte erbliken und weit richtiger beurtheilen
werden.

Genug Rindvigius erlag nicht. So lange er noch versezen
konnte, ließ er sich an Brod Fleisch und Bier so viel herbei=
schaffen als zu Befriedigung seines Magens und einer stan=
desmässigen Lebensart erfordert wurde.

Da diese Quelle sich verstopfte und Wäsche, Bücher,
Kleider und Utensilien aller Art ausgewandert waren, ging
er bei einem guten Freunde zu Gaste, der unten im Vor=
hause wohnte. Es war der Brodschrank seines Herrn Wirths,

welcher ein Becker war und alle Abende demselben, die vom Tagesverkauf überbliebene Brode und Semmeln nebst den Brandeweinflaschen aufzuheben gab. Diesen besuchte er allemal nach Mitternacht, mit Hülfe eines Nachschlüssels, und versorgte seinen ungestümen Gläubiger mit Brod und Schnaps bis zur vollkommensten Ersätigung.

Endlich — da nur ein Hemde und ein Rok seinen Leib noch bedekte, und der Brodschrank ein neues Doppelschloß bekam, nahm Rindvigius mit kaltem Blute seinen Stab, wanderte in der Dämmrung aus Sauflingen — ließ die lezten Hiebe der noch immer wachehaltenden Desperatisten sich aufzählen und ging — der Nase nach, wie ächte Genie's zu wandern pflegen.

Auf seiner Reise sprach er das Handwerk an. Und weil er bald merkte, daß sein Magentalent ihm nirgends Bewunderung erwecken wollte, so änderte er seine anfängliche Methode, des Mittags und Abends bei einem Pastor einzusprechen, dahin ab, daß er alle grosse Dörfer mitnahm, und durch zehn tägliche kleine Mahlzeiten die beiden großen zu ersezen suchte. Wenn er vor eine Pfarrwohnung kam, legte er sein Gesicht in die Falten der Andacht und der Heiligkeit. Und fast immer gelang es ihm, die Frau oder Tochter vom Hause mit seinen gottselig schmachtenden Augen zu rühren und als ein würdiger junger Kandidat bei dem Hausvater eingeführt zu werden. Er wurde überall wenigstens satt gefüttert, und nur in einigen wenigen Dörfern, wo die leidige Aufklärung grassirte, und der Pfarr zu viel Aeuserungen der Vernunft von unserm, mehr dem Glauben zugethanen, Rindvigius prätendirte, mußte er sich mit leeren Komplimenten abspeisen und die große Kraft seiner Kinnladen und Vermögenheit seiner Gurgel unbenuzt lassen.

Die bewundernswürdige Gedult, mit welcher unser Held diese Reise acht Tage lang fortsezte, ohne nur einmal den Gedanken zu haben, was aus ihm werden sollte, wurde endlich auf eine desto glänzendere Art belohnt. Er kam in eine Stadt, in welcher verschiedene Gelehrte privatisirten und ging, nach eingezogener Nachricht, welches der allergelehrteste darunter sey, zu einen gewissen Dokter Ungeschoren, um sich von diesem sein gewöhnliches Viatikum auszubitten. Und siehe, die reine Lehre erhielt hier den herrlichsten Sieg über die vermaledeute Vernunft.

Der Doktor in Laugenheim, so hieß die Stadt, war aus lauter Vernunft zusammengesezt, und hielt den Glauben für eine Pest der Menschheit. Und gleichwohl wurde dieser Unhold durch die fromme Miene des vollglaubigen Rindvigius so bezaubert und durch den Duft der reinen Lehre, die ihm aus allen Schupfäken und Leibesöfnungen duftete, dermassen begeistert, daß er ihm auf der Stelle ein Nachtquartier gab und — am andern Morgen, in Gegenwart des Herrn Rindvigius, seiner leiblichen Frau folgendes Geständniß that.

Liebes Mienchen, ich finde an dem Herrn Rindvigius einen Mann, wie ich ihn mir längst gewünscht habe, welcher meine vielen Manuscripte um desto richtiger und genauer kopiren wird, je weniger er sich mit dem Denken abzugeben scheint.

Herr Rindvigius schmunzelte. Mienchen zukte die Achseln. Doktor Ungeschoren lächelte. Und kurz — unser Rindvigius wurde zu den Posten eines Manuscriptkopirers erhoben, erhielt freye Tafel und wöchentlich acht gute Groschen Gehalt.

XVIII

Meisterstücke des Helden.

Der nunmehrige Herr Kandidat Rindvigius lebte ein ganzes Jahr in dem Hause des D. Ungeschoren, aß und trank sich feist, bekam manchen Rok geschenkt, genoß manche gute Lehre, war aber so unglüklich dabei, es seinem Principale nie recht zu machen. Bald tadelte dieser seine barbarische Orthographie im Abschreiben; bald erzürnte er sich mit ihm über die Gewohnheit die er an sich hatte, und welche alle großen Genie's eigen ist, jeden Tadel zu widersprechen und bei den dümsten Behauptungen das lezte Wort zu behalten. Bald kränkte er ihn durch den bittern Vorwurf, daß er seine Hausgeschichte umhertrage und jeden für ein Glas Schnaps alles beichte, was man von dem Doktor wissen wollte. Bald mußte sich der gute Rindvigius gar mit dem Verdachte entehren lassen, daß er ein heimlicher Säufer sey und daß sein stieres Auge und seine hastige Sprache, was doch beides nur Wirkung seines feurigen Geistes war, sehr oft Betrunkenheit anzeige.

Indessen war der Doktor ein gelaßner und duldsamer Mann, der auch des Rindvigius Abschreibertalente aufrichtig zu schäzen wuste, und er behielt ihn, so manches Aergernisses ohngeachtet, in seinem Hause, um — nicht einen Mann dem Hunger Preiß zu geben, den der Himmel so augenscheinlich zu einen Generalsuperintendenten bestimmt hatte.

Um ihn dieser, in seinem Gesichte, in seinem Gange und in allen seinen Handlungen lesbaren Bestimmung näher zu bringen, erhob er ihn zur Würde eines Schriftstellers. Er schrieb ein Pasquill auf einen sehr gelehrten Gegner, sezte

des Rindvigius Namen vor und ließ es druken. Und unser
Rindvigius erschien als Verfasser einer Schrift von fünf
Bogen in den gelehrten Zeitungen, welches ihm eine unbe=
schreibliche Freude verursachte.

Der Doktor that noch mehr. Er sammlete bei einem
Feste, wo eine Menge jovialischer Freunde zusammen poku=
lirten, eine Kollekte, für die Magisterpromotion seines Rind=
vi — gius, um die Freude zu haben, daß sein Staatssekretair
mit einem Universitätstitel prangen und um, zweyfach drol=
ligt, sein ihm eignes Gelehrtenair behaupten möchte. Rind=
vigius mußte eine Bittschrift an die Universität in L u t h e r s =
h a u s e n aufsetzen oder vielmehr abschreiben, worinnen er
um Ertheilung der Magisterwürde nachsuchte. Der Doktor
schenkte ihm eine alte autonianische Chrie über das Erdbeben
zu Calabrien, welche er noch von Schulen her aufbehalten
hatte, und die unser Rindvigius als ein specimen eruditionis
seiner Supplik beifügte. Er verschafte ihm einige Testimonien
und gab ihm 24 Thaler, welche er für ihn kolligirt hatte. Geld
und Papier wurde abgesandt. Und in wenig Wochen erhielt
der Kandidat Rindvigius ein Luthershäußer M a g i s t e r =
d i p l o m.

Jezt fehlte also unserm Helden nur noch ein einziges
Kleinod, welches die Grösse seiner Talente und Verdienste vor
aller Welt ausser Zweifel sezen konte — ich meine eine r u n d e
P e r u k e und eine Uhr. Die erste schenkte ihm der Dok=
tor, aus den reichen Vorräthen seiner Bodenkammer, und
zur leztern v e r h a l f er ihn.

Bei einem Schmause, den er in seinem Hause gab,
leitete er das Gespräch auf diejenige Menschenart, welche
man dumme Teufels nennt, und welche die meisten Ehren=
stellen und Zeichen der Würde, in Beschlag genommen hat,
und behauptete — Gott verzeih ihm die Sünde! — den
dümmsten Menschen in seinem Hause zu haben. Er fand
bei dieser Aeuserung, wie er vermuthet hatte, viele Un=

gläubige; denn es waren drey Familien in der Gesellschaft, welche er aus dem benachbarten Städtchen S ch i l b e mit eingeladen hatte. Man fieng augenbliklich an, zu widerspre= chen, und mehrere machten sich anheischig, auf jeden Fall einen dümmern Teufel dagegen zu stellen. Der Doktor schlug vor, eine Wette vestzusetzen. Ich habe da, sagte er, eine alte silberne Uhr. Gewinn ich die Wette, so erlegen die, welche sie verloren, zehn Taler, und schenken sie meinem dummen Teufel. Verspiele ich, so gehört meine Uhr dem, der einen noch dümmern Teufel aufzustellen das Glük hatte. Es wurde ein Richter gewählt, welcher den Ausspruch thun sollte; und der Doktor übernahm es, seinen dummen Teufel heute aufzu= stellen, und die Gegenstükke zu erwarten.

Mienchen, sagte er, da alles verabredet war, hohle mir den Herrn Magister Rindvigius, und laß vorher die Schweins= keule auftragen, die wir gestern nicht geniessen konnten, weil sie zu sehr angegangen war, nebst einem von unsern großen Broden. Mienchen thats. Der Kandidat erschien.

G ä st e. (unter sich, da sie den Magister erblicken) der Doktor gewinnt, sieh — die Stirn — das Maul — uh!

D o k t o r. Mein Herr Magister, getrauen Sie sich dieses Mahl aufzuzehren?

R i n d v. (andächtig) Mit der Hülfe Gottes.

D o k t o r. Aber ich sage Jhnen, die Keule hält 11 Pfund.

R i n d v. Je nun, die Gnade Gottes ist ja auch in den Schwachen mächtig. (Er fängt an zu essen und schlingt, was das Zeug halten will.)

D o k t o r. (nach einer Pause) Wollten Sie wohl die Mamsel da heirathen?

R i n d v. (blikt nach ihr — mit vollgestopften Maule schmunzelnd) Lassen Sie mich nur erst mit der Schweins= keule fertig werden, dann will ich mich dran machen, wenn

Sie befehlen. (Zur Mamsell freundlich) Gott wird seinen Segen geben!

Doktor. (Nach einer Pause) Herr Magister, Sie sind Liebhaber von Musik, welches ist das Instrument, das Sie am liebsten hören?

Rindv. (hat den Mund so voll, daß er nicht antworten kan, speit aber hastig den ganzen Klumpen in die Hand, um geschwind herauszusagen, weil ihm das Herz dabei schlägt: — mit inniger Freude:) der Brabenwender! (Stekts wieder in den Mund.)

Doktor. (Nach einer Pause) Herr Magister: haben Sie schon in den Zeitungen gelesen, daß der berühmte Euler tod ist? Ich habe Briefe, daß man Sie an seine Stelle vociren wird.

Rindv. (verliert vor Freuden den Bissen aus dem Maule) Ist das wahr? O hab ichs doch immer gesagt, daß ich durch Gottes Gnade noch ein großer Mann werde. Erlauben Sie mir nur erst meine Schweinskeule zu verzehren, ich will hernach gleich abreisen. Wo liegt denn Petersburg? Kann ich in einem Tage hinkommen?

Hier stunden alle auf, welche die Wette eingegangen hatten und überreichten dem Magister die Uhr. Doktor, sagten sie, es ist umsonst daß wir uns vornehmen, Euch ein Gegenstük für Euren Magister zu suchen; da hebt ihr Eure zehn Thaler. Der Doktor lachte, nahm das Geld, und freute sich, seinem Sekretair zu einer Uhr verholfen zu haben.

XIX

Ein Jude beschleicht das Rindvigiussische Genie.

Magister Rindvigius wuste sich jezt vor Freuden nicht mehr zu fassen. Er verschlief zwar glüklich in der nächsten Nacht die ihm vorgespiegelte Stelle des großen Euler, nebst der Heirath der Mamsel ... aber seine Phantasie war nun, seitdem die runde Peruke auf seinem Haupte prangte und die Uhr mit den messingnen Perloks an seinen Lenden spiegelte und klirrte, mit lauter Professuren und Heirathen erfüllt. Und da er gewohnt war, alles was er sich vorstellte, für eine Würklichkeit anzusehn, so sprach er überall wo er hinkam, von nichts als Vokationen und Mariagen und verursachte, daß alle Menschen, welche ihn in Bierhäusern und Brandewein=Budiken zu beantlizen das Glük hatten, ihm den tiefsten Respekt bezeugten und seine Phantasien zu desto größerer Wahrheit erhoben.

Da er jezt alle Menschen, die ihm begegneten, anredete und fragte, was die Glokke sey, um sogleich seine Uhr herauszieh'n und nachsehen zu können, ob die Angabe richtig sey; so traf sichs, daß er auch einmal einen Juden auf diese Art anredete. Der Jude warb lüstern und fragte den Herrn Magister, ob das schöne Uhrchen ihm nicht feil sey. O ja, war die Antwort, wenn ich einen Dukaten Profit bekomme. Sie kostet mich zehn Luisdor. Der Jude sah' ihn in den Magen. Das ist gar kein Geld, erwiederte er, wenn ich meine Börse bei mir hätte, so wollte ich Ihnen gleich die Zahlung leisten. Aber wissen Sie was, kommen Sie doch mit mir dort in das Haus. Wir wollen die Uhr einsiegeln, damit ich gewiß bin, daß sie nicht vertauscht werde. Ich gebe Ihnen einen Gulden drauf, und Sie nehmen dann die Uhr versiegelt mit sich.

Morgen bring ich das Geld, wenn ich das Siegel unversehrt finde. Der Magister grinzte ein triumphirendes Lächeln, und folgte dem Juden. Der Jude hatte einen Handkäse bey sich, der gerade die Gröſſe der Uhr hatte, wikelte den unterweges in ein Papier und befestigte ein neues Uhrband daran, deren er zwey von gleicher Art bei sich hatte. Als sie im Hause waren, foderte er ein Licht und zog indessen das andere Uhr= band heraus. Nehmen Sie, sagte er, ihre schöne Uhrkette mit den Perloks zurük, diese habe ich nicht mit erhandelt. Der Magister erstaunte über die Grosmuth des Juden. Er ließ das neue Uhrband an seine Uhr legen, in einen Bogen weiſſes Papier einschlagen und von dem Juden versiegeln. Der Jude wiederholte discursive die genommene Abrede, sprach allerlei dazwischen und prakticirte das Papier mit dem Käse an die Stelle des Papiers mit der Uhr. Endlich zahlte er dem Magister den Gulden Aufgeld und bat ihn inständig, ja die Uhr nicht aus den Händen zu geben; morgen werde er sie gegen zehn Luisdor und einen Dukaten eintauschen.

Froh eilte der betrogene Rindvigius nach Hauße und er= zählte seinem Principal das ihm aufgestoßne Glük. Der Doktor ahndete den Augenblik den Betrug, wollte ihn aber nicht mit zwey Unglüksschlägen auf einmal erschüttern, sondern ihm, wenn er die indessen eingelaufne Nachricht von seines Vaters Tode verschmerzt haben würde, zu gelegener Zeit mit seinem Verluste bekannt machen.

„Hier ist ein Trauerbrief, lieber Mann. Fassen Sie sich. Ihr Vater ist tod, ich werde seine Stelle vertreten, wenn Sie sich bei mir gut aufführen." Der Doktor erwartete natürlich auf diese Nachricht die Ausbrüche des innigsten Kum= mers. Aber weit gefehlt. Unser groſſer Rindvigius, der, wie wir schon mehrmals bemerkt haben, über alle mensch= liche Schwachheiten dieser Art erhaben war, sprang hoch auf und klatschte in die Hände. Ha! nun habe ich eignen Heerd. Vergeben Sie Ihren Schreiberdienst. Morgen reise

ich nach Ochſenhauſen um mein väterliches Erbtheil zu em=
pfangen.

Der Doktor wollte noch ſprechen, aber Rindvigius war
alzuberauſcht von der Freude, als daß er ihm hätte Stand
halten ſollen. Er eilte auf ſein Zimmer, pakte ſeine zwey
Hemden, die er beſaß, und die ganze armſelige Garderobe, die
er der Freygebigkeit ſeines Prinzipals zu verdanken hatte,
zuſammen, eilte in ſein gewohntes Bierhaus, ließ ſich da
ſeinen Abſchiedsſchmaus zurichten, den er ohne Geſellſchaft
verzehrte, blieb den ganzen Tag da ſitzen, trank ſich ein
Räuschchen, ſchimpfte und ſchmähte auf den Doktor und
alle Perſonen ſeines Hauſes, und kam ſpat in der Nacht
zurük, um noch einmal in L a u g e n h e i m ſich ſatt zu
ſchlafen.

Des andern Morgens harrte er mit Schmerzen auf den
Juden, um mit den zehn Luisdoren recht bequem reiſen zu
können. Aber der Vormittag verging, und der Jude blieb
auſſen. Er nahm noch einmal mit dem Doktor vorlieb, klagte
bei Tiſche über die Zögerung der gehoften Zahlung und fragte
ihn um Rath, wie er ſich zu verhalten habe.

Lieber Mann, ſagte der Doktor, ich habe Sie geſtern
mit einer Nachricht nicht erſchrecken wollen, die ich Ihnen jezt
mittheilen muß. Der Jude war ein Vagabond, und hat allem
Anſehen nach Ihnen Ihre Uhr geſtohlen.

R i n d v. (aufgebracht) Ich weiß nicht, was Sie immer
von mir haben wollen. Sie wollen mich recht mit Gewalt
dumm machen. Ich werde doch wiſſen, was ich thue.

D o k t o r. Ich bedaure Sie, das es mir in zwey vollen
Jahren nicht hat gelingen wollen, Sie zur Selbſtkenntniß zu
bringen. Ich ſage Ihnen, der Jude hat Ihre Uhr.

R i n d v. (grob — indem er das Papier mit dem Uhr=
band aus der Taſche zieht) Vor den Henker, da iſt ſie ja.

D o k t o r (gelaſſen lächelnd) Machen Sie nur erſt
das Papier auf.

Rindv. Ich darf das Siegel nicht lösen, sonst zahlt mir der Jude das Geld nicht.

Doktor. (holt seine Börse heraus.) Hier sind zehn Luisdor und ein Dukaten, die ich Ihnen für die Uhr zahle, wenn Sie im Papiere sie finden.

Rindv. (indem er das Papier aufmacht) Hier ist sie ja. (er erblikt den Käse) Verflucht! das ist mir in meinem Leben nicht begegnet.

Der Doktor gab dem armen Betrognen noch manche gute Lehre mit auf den Weg, die aber bey einem Originalgenie, wie unser Magister Rindvigius war, schiklicher hätte weggelassen werden sollen.

XX

Des Helden zweyte Ehe wird vorbereitet.

Magister Rindvigius kam nach manchem überstandnen Abentheuer in Ochsenhausen an, und meldete sich bey dem dortigen Amtmanne zur Erbschaft seines Vaters. Der Amtmann fand kein Bedenken, ihn für dem rechtmässigen Erben zu erkennen und ihn von den väterlichen Gütern Besitz nehmen zu lassen. Aber Rindvigius war damit noch nicht beruhigt. Er verlangte von dem Beamten, ehe er sich in das väterliche Hauß einführen lassen wollte, einen salvus Konduktus, weil ihm bange war, daß auch jetzt noch seine Jugendsünden bey den Bauer im Andenken seyn und die Wunden wieder aufreissen möchten, welche die Desperatisten ihn geschlagen hatten.

Zwey Amtsdiener begleiteten den Herrn Magister durchs Dorf und er — schlich sich, wie ein Mordbrenner zwischen ihnen hin, und schielte nach den Häusern, und zitterte vor jeder Sense oder Karste, der ihm begegnete. Wo ein Hund bellte oder eine Hausthüre sich öfnete, da fürchtete er auch, daß der Tumult beginnen und eine Rotte Bauern hervorstürmen würde, um ihn das Lebenslicht auszublasen.

So wie die Begleiter die Hausthüre öfneten, that er einen Satz hinein, als wenn Feuer hinter ihm brennte. Er flehte mit Thränen die Büttel, daß sie bey ihm bleiben möchten, und zahlte jedem für den Tag einen halben Thaler, um nur unter ihrer Protektion sein Leben zu sichern.

Da ihm der Beamte die baare Verlassenschaft eingehändigt hatte, welche 43 Thlr. 16 gr. 11 pf. betrug, ließ er vor allen Dingen einen Boten nach Hammelburg abgehen und sich vom Fuß auf neue Kleidung bestellen. Und sobald dieser ankam, schwand alle Bangigkeit aus seiner Seele. Der schwarze Rock und die neue Stutzperucke gab ihm ein so stattliches Ansehen, daß beide Amtsdiener sich vor ihm bis auf die Erde beugten und die Hände ihm küßten. Da also die Vorgesetzten der Gemeine ihm solche Ehrerbietigkeitsbezeugungen machten, so konnte er von der Gemeine noch vielmehr dergleichen erwarten. Und so verabschiedete er nun seine Salvegarde, und begab sich getrosten Muths zum erstenmale in die Schenke, um den Magister Rindvigius in vollem Ornate sehen zu lassen.

Er hatte sich nicht geirrt. Sein Gang durchs Dorf war wie die Erscheinung einer neuen Sonne. Alle Bauern blieben stehn, und sahen ihm nach. Alle Bauermädchen schielten hinter ihm her. Alle Mütterchen begleiteten ihn, bey einem schmachtenden Blicke auf ihre Töchter, mit einem Seufzer. Und kaum war er in der Schenke von dem Herrn Wirth bewillkommet worden, als schon die Wirthsstube voller Gäste war, welche die Neugierde herbeigezogen hatte. „Ei wer hätte das gedacht, sagte einer zum andern, daß aus dem Friz „so ein ehrwürdiger lieber Herr werden sollte."

Anfangs stunden die Bauern nur von fern und begafften den schmucken Herrn Magister. Bald aber kamen auch Weiber und Töchter, deren Geschlecht überall das männliche an rascher Dreistigkeit übertrift. Und nun begannen die Freuden und Ehrenbezeugungen, die alle Erwartung unsers Rindvigius übertrafen. Ein alt Mütterchen, das den Friz noch aus der Taufe gehoben hatte, machte den Anfang, und lief auf ihn zu, und drükte ihm erst die Hände und dann — fiel sie ihm so brünstig um den Hals und flennte so herzbrechend, daß die ganze Gemeine von Rührung durchdrungen wurde. Alles drängte sich nun herzu und drukte und schüttelte ihm die Hände, und die Weiber und Mädchen herzten und küßten ihn im Angesicht der Männer und Väter, so derb und kräftig, daß dem freudetrunknen Magister sein größter Hosenknopf ent=

sprang — welchen ihm die Frau Pathe in pleno wieder annähen mußte.

Da sahe man recht wie wahr der Apostel Paulus gesagt hat: die Liebe decke der Sünden Menge. Denn die schöne neue Perucke und der stattliche schwarze Rock benebst der guten Figur des Herrn Magisters hatte den Ochsenhäusern eine solche Liebe eingeflößt, daß aller alten Sünden, die er, als Friz Rindvigius, begangen hatte, nicht mehr gedacht wurde.

Unter den Einwohnern aber, welche den ehrwürdigen Magister Rindvigius in der Schenke gehuldiget hatten, war der Dorfchirurgus A p f e l der aller eifrigste und betriebsamste gewesen. Und dieß hatte das hellsehende Auge des Herrn Magisters nicht nur alsobald wahrgenommen, sondern es hatte sich auch diese sinnliche Wahrnehmung, wie es bey allen weichgeschafnen Seelen gewöhnlich ist, sogleich in Gefühl und Empfindung aufgelöset. Als daher die Solennität zu Ende war und die ersätigte Gemeine sich, bis auf einige lüsterne Weiblein und Mägdlein, nach und nach verloren hatten, so traten in einem Tempo beide verschwisterten Seelen einander an und reichten sich die Hände zu einem dauerhaften Freundschaftsbunde.

A p f e l. Gewiß und wahrhaftig schreib ich den heutigen Tag in meinen Kalender. Denn so habe ich in meinem Leben mich nicht erfreut gesehen als heute, da ich (ihn die Hände drückend) einen so lieben, würdigen und hochgelahrten Gönner in einer so höchst venerirlichen Gestalt anblicke.

R i n d v. (freundlich und schmunzelnd) O — ich bitte recht sehr — ich weiß gar nicht — womit so viele Ehre verdient habe: — es ist alles die Gnade Gottes, die großes an mir gethan hat — (reibt sich die Augen, als ob er weinte.)

A p f e l. Gott wolle Sie, mein Hochzuehrender Herr Magister, unserer lieben Gemeine zum Segen setzen, und ihre ganze Familie zu hohen Glanze.

Rindv. (andächtig) Wie Gott will. Ich habe mich be=
müht, etwas rechtschafnes zu lernen und ich überlasse es nun
der göttlichen Gnade, wo sie mein Stükchen Brod mir an=
weisen will.

Apfel. O das wird kommen. Versorgen der Hochge=
ehrteste Herr Magister sich nur vor allen Dingen mit einer
Tugendbelobten Ehefreundin, so wird sich das übrige gar bald
finden. Denn einem so gelehrten Herrn kann es ja gar
nicht fehlen.

Rindv. (ehrbar und lieblich) Hi, hi, hi. — Ei warum
nicht gar schon eine Frau. Mein lieber Herr Apfel, das hat
noch Zeit, bis ich durch Gottes Gnade eine Versorgung habe.

Apfel. Ich bescheide mich sehr gerne, daß so ein
gelehrter Herre das besser verstehen muß als unser einer;
aber ich dächte doch immer, es wäre für die ganze Gemeine
erbaulicher, wenn der Herr Magister sich mit dem Beistande
Gottes zu verehligen suchte, als wenn Hochdieselben etwa
mit einem Hausmädchen sich behelfen wollten. Denn —
man weiß wohl wie die böse Welt ist.

Rindv. Ja, ja, — Sie haben freylich — nicht ganz
unrecht, mein lieber Herr Apfel. Je nun der liebe Gott wird
alles zum besten wenden.

Apfel. Und zu leben haben ja der Herr Magister
auch. Der liebe Gott hat Ihnen ein hübsches Erbtheilchen
beschert, das Sie gewiß nicht verzehren werden, ehe eine Ver=
sorgung kommt. (traulich) Aber unter uns gesagt, die ganze
Gemeine ist schon einstimmig entschlossen, um Sie bey dem
Fürsten anzuhalten, sobald der alte Kuhblökius die Augen
zuthut. Und wie lange wird denn der alte vier und siebzig=
jährige Mann noch laufen.

Rindv. (kindisch vergnügt) Ist das wahr? Will mich
die Gemeine? (klatscht in die Händchen) Ach lieber Herr
Apfel, essen Sie doch heute ein Stükchen Braten mit mir.

Ich habe meinem Mariechen ein Stück Rindfleisch aus dem Essig in die Röhre setzen lassen.

Apfel. Demüthigster Diener! bemüthigster Diener! wenn Ew. Hochehrwürden befehlen. Ich werde künftig die Ehre haben, Hochdieselben umsonst zu rasiren. Bitte um Dero Hochwertheste Freundschaft. (Reibt sich die Hände und zeigt Verlegenheit.) Aber ich weiß nicht, ob Hochdero alzugütige Einladung acceptiren darf. —

Rindv. O mein bester Herr Apfel, machen Sie doch keine Umstände. Sie haben ja doch keine Abhaltungen?

Apfel. Die — eben nicht. Aber — ich unterstehe mich nicht, Sie so zu inkommodiren, da ich zu Hause —

Rindv. Ei was machen Sie mit Ihrem Freunde für Komplimente? Was haben Sie denn zu Hause?

Apfel. Meine — Tochter. Mein einziges Kind. Sie hat nun schon auf mich das Bischen zugerichtet. —

Rindv. Je lassen Sie sie doch einmal allein essen.

Apfel. Ach das gute Kind — sie weint sich die Augen aus dem Kopfe. Wenn ich wüste, — daß Hochdieselben es nicht ungütig vermerken thäten —

Rindv. Ja nun, wollen Sie sie mitbringen? Hi, hi, hi, recht gern, recht gern.

Apfel. Ach es ist ein bildschönes, aber blödes, schüchternes Kind. — Ach, die Tugend selbst. — Sie hat Sie heute gehen sehen, und freut sich schon erstaunend drauf, Sie einmal predigen zu hören. Ach, sie ist so fromm. Den ganzen Tag sitzt sie bey ihrer Bibel. Wenn ich doch, sagte sie heute früh, eh ich hieher gieng, den gar schönen Herrn in der Nähe sehen möchte: aber ich schäme mich, Vater, mit Ihm zu gehen. — Ich glaube wahrhaftig nicht, daß ich sie fortbringe.

Rindv. Ei Sie müssen sie holen. Sie sind ja Vater. Sie muß folgen. Ja, ja, lieber Apfel. Ich bitte Sie recht inständig, bringen Sie sie mit.

XXI

Es kommt zum Eheverspruch.

Der Chirurgus Apfel war der erste Schurke in Ochsen=hausen. In seinem Hause war kein ganzer Rok, kein gesunder Stuhl, und kein Bissen Brod. Er lebte von Schmarozen, Postentragen und Kuppeln. Für ein Stück Braten und einem Schoppen Schnaps verrieth er seinen besten Freund.

Das Töchterchen, welches er unserm würdigsten Rind=vigius mit so heuchlerischer Anlokung empfohlen hatte, war, wie man sagte, seine Stieftochter. Sie lebte seit ein paar Jahren erst bey ihm, nährte sich von Geschenken guter Freunde und — ganz Ochsenhausen sagte, sie schlafe mit dem Herrn Stiefvater in einem Bette. Ein halbes Jahr lang hatte sie vor kurzem erst in Salzthal zugebracht und der dortigen Garnison angenehmen Dienst geleistet. Kurz, sie war ein Nickel von der gemeinsten Sorte.

Ihr Ansehn war nicht übel. Sie war schön gewachsen, spielte einen nieblichen Fuß, zeigte eine feine Taille, und putzte sich mit Geschmack, wenn sie Kleider dazu hatte.

Dieses liebliche Stück Mensch gedachte der Vater Apfel jetzt mit guter Manier unter die Haube zu bringen, und — wenn das gute Schaaf Rindvigius, wie er ihn nannte, auch zu gar nichts zu gebrauchen wäre, so waren es doch seine 600 Thälerchen, welche, nach der Taxe des Hauses und der Mobilien, auf sein Erbtheil gefallen waren. Diese sollte sein Fikchen nach und nach an sich ziehen und sobann — wenn der Herr Magister aufgefressen wäre — ihren Stab weiter setzen und ihr Heil anderweit versuchen. Das war der Plan.

Und wie leicht war ein solcher Plan auszuführen, wenn
er auf einen Mann angelegt wurde, der, wie unser Rind=
vigius, alle Eigenschaften eines großen Gelehrten in sich ver=
einigte und folglich an Weltkenntniß und Erfahrung völlig
entblößt, und noch überdieß — im höchsten Grade verliebt
war und dabey von den entzückenden Aussichten, die ihm
Apfel eröfnet hatte, sich dermassen begeistert fühlte, daß
es ihm schier unmöglich war, eine so fein angelegte Mine
zu bemerken, welche sein väterliches Erbtheil in die Luft
sprengen sollte.

Der Chirurgus erschien mit seinem Fikchen und der
Herr Magister hüpfte wie ein Paiser Abbee ihm bis an die
Hausthüre entgegen. Sein Auge wurde von dem Magnete
der tugendsamen Jungfrau so heftig gezogen, daß er den
Vater nicht sahe. Er ergrif die samtweiche Hand des schönen
Fikchens, zitterte am ganzen Leibe vor Liebe, und ließ den
Alten hinter sich drein drollen.

Herr Apfel trat ins Zimmer, und ward nun erst
von dem berauschten Helden bemerkt, ob er gleich das
Feuer des Helden und jeden Funken desselben schlau genug
beobachtet hatte. O, vergeben Sie mir, schrie der verliebte
Magister, indem er ihn umarmte, daß ich Sie habe allein
gehen lassen. Seyn Sie mir herzlich wilkommen.

Die Rollen wurden meisterhaft gespielt. Der Alte war
freundlich wie ein Pudel, und ehrerbietig wie ein Hofschranz.
Fikchen hingegen machte die keusche Genoveva. Wenn Apfel
scherzte und dem Herrn Magister allerlei Veranlassung gab,
kleine Dreistigkeiten zu wagen, so war Fikchen ernsthaft,
spröde und im höchsten Grade sittsam. Sie schien die
Augen nicht aufschlagen zu können. Sie sprach leise, wie,
wenn sie erst sprechen gelernt hätte. Sie stellte sich un=
wissend in allen Dingen, wie wenn sie nie in der Welt
gelebt hätte.

Der Magister wurde mit jeder Minute entzükter und angeschloßner. Je länger er sie ansahe, destomehr entbrannte sein Herz vor Liebe. Jede Falte ihres Gesichts gefiel ihm. Jedes Wörtchen, was sie sagte, flößte ihm Anbetung ein. Kurz, er war schon, ohne daß er es selbst wuste, entschlossen, dieses Urbild der Tugend und Schönheit zu ehelichen, da Herr Apfel noch auf dem halben Wege war, sie ihm anzutragen.

Mit solcher Geschwindigkeit hatte sich Herr Apfel nie expedirt, wenn er auf den Dörfern umherlief, den Bauern zu schröpfen, mit welcher er hier zu seinem Ziele gelangte. Der Magister lag mit seinem Herzen schon zu den Füßen seiner Genoveva und es war auf der Gottes Welt nichts weiter übrig, als daß einer von beiden Theilen den Namen Verlobung auszusprechen wagte. Denn vollzogen war sie schon.

Der Chirurgus wollte nicht gern mit der Thür ins Haus fallen, ob er schon seines Sieges gewiß war. Er ließ sich die Mahlzeit schmeken und ergözte sich an den drolligten Bemühungen des Magister Rindvigius, der spröden Schöne die Gluth seines Herzens zu erkennen zu geben, welche sich meisterhaft stellte, als ob sie nichts von dem allen begriffe, was der Verliebte ihr vorpinselte.

Endlich da das Schnapsbüllchen auf den Tisch gestellt wurde, um die Verdauung zu befördern, wurde der feurige Abbee mit jedem Gläßchen gesprächiger, und bot seinen ganzen Vokabelreichthum auf, theils zu Lobeserhebungen ihrer Schönheit, theils zur Hervorbringung solcher Fragen, welche ein Geständniß der Schönen vorbereiten oder gar entlocken sollten.

Möchten Sie wohl einen Geistlichen heirathen? Aber wenn der geistliche Herr nun noch keine Pfarre hätte? Wäre es Ihnen wohl möglich in einer schlechten Bauer=hütte, wie diese, zu wohnen? Können Sie Ihren lieben Vater verlaffen, und von ihm wegziehen? Wenn es nun weit von hier wäre? etc. Solche Fragen strömten aus dem Rindvigiuſſiſchen Munde in Menge, und Fikchen — beant= wortete ſie zu ſeinem größten Leidweſen alle ſo, daß ſchlechter= dings keine Tranſition auf ſeine werthe Perſon möglich werden wollte.

Aber was das allernieberſchlagendſte für dem liebe= vollen Rindvigius war, — Fikchen brach gleich nach der Mahlzeit auf, gab häusliche Geſchäfte vor, und machte durch ihren Abſchied eine Lücke in ſeinem Herzen, die er in ſeinem Leben ſo noch nicht empfunden hatte.

Apfel. Sie ſehen ja auf einmal ſo penſiv, Hoch= ebler Herr Magiſter.

Rindv. Ja, ich weiß ſelbſt nicht. — Was hat denn Fikchen ſo nöthig zu thun?

Apfel. O laſſen Sie doch das alberne Ding laufen. Sie ſehen ja daß ſie ſich in die große Welt nicht paßt. Sie hat eine große Wäſche vor ſich, die ſie ganz allein beſorgen will, um mir die Koſten zu erſparen.

Rindv. Ganz allein? Ach das ſollten Sie nicht zu= laſſen, lieber Herr Apfel. So ein zartes Frauenzimmer kann das ohnmöglich aushalten.

Apfel. O, die ſteht ganze Nächte und waſcht oder ſizt und macht Kleider und Puz. Sie verdient ſich jährlich manche ſchöne hundert Thaler.

Rindv. Was der tauſend! Ei da kann ſie ja char= mand leben.

Apfel. O ſie könnte, wenns Noth wäre, einen Mann ernähren.

Rindv. J — — (mit einem langen Seufzer.)

Apfel. Gewiß und wahrhaftig. So eine geſchikte Arbeiterin muß weit und breit nicht gefunden werden. Nur ſchade, daß das Mädchen ſo ſchüchtern iſt.

Rindv. I — — das würde sich ja wohl geben. Es ist doch ein allerliebstes Frauenzimmerchen. Sie hat mir ganz erstaunend gefallen.

Apfel. Viel Ehre, Hochedler Herr Magister! viel Ehre! Ja — und eine Wirthin ist sie — eine Wirthin — ach, und macht ein Schüsselchen Essen, daß es lacht. — Nun, ich will mein Kind nicht loben.

Rindv. Ach — wenn ich so glücklich wäre, eine solche Person zu finden. — Ich weiß nicht — Was meinen Sie?

Apfel. O tausende finden der Herr Magister, die noch weit besser sind. Hochdieselben müssen sich nur nicht übereilen.

Rindv. Aber wenn ich mich unter dem Beistande Gottes entschlösse — um Fikchen anzuhalten — würde Sie wohl —

Apfel. O das wäre eine zu große Ehre für meine Tochter. Ein Gelehrter wie Sie — doch — wenn es Gottes Wille wäre — Nun, überlegen Sie sich das erst wohl. Sie wissen ja, die Ehen werden im Himmel geschlossen.

Noch wohl eine halbe Stunde bruchßte der gute Magister und wurde vom alten Schalke gezekt bis endlich — im andächtigsten Tone, jener förmlich bat und — dieser förmlich zusagte. Kurz, Rindvigius bekam ein Weib.

XXII

Die zweyte Rindvigiussische Ehe vom Anfang bis zum Ende.

Mit einemmal fuhr jezt der Geist der Thätigkeit in unsern Magister Rindvigius. Er hatte ein schönes, liebes, tugendsames Weib und mußte nun billig alle seine Kräfte aufbieten, um standesmässig mit ihr zu leben. Der Ochsenhauser Pfarrer wollte nicht sterben und — es entdekte sich auch immer mehr und mehr, daß weder die Gemeine, noch der Hof zu Hammelburg sonderliche Lust habe, dem Herrn Rindvigius die Funfzehnhundert=Thaler=Pfarre zu geben: sintemal der Herr Magister, so oft er sich zu einer Predigt meldete, abschlägige Antwort erhielt, und sonach alle Kanzeln für sich verschlossen fand. Es mußten daher ganz andere Maasregeln ergriffen werden, dem neuen Brautpaare Brod und Ehre zu verschaffen. Und Rindvigius großer Geist hatte Entschlossenheit gnug, sich auf seine eigne Kraft zu verlassen und mit seiner Hände Arbeit sich und sein Fikchen und — den Produktchens zu nähren.

Er resolvirte sich kurz, wieder nach Laugenheim zu ziehn, wo er noch viele Freunde und Bekannte zu finden vermeinte, um da einen Dienst zu suchen, vor der Hand von Abschreiben zu leben, und sein Fikchen Puz machen zu lassen.

Das Häuschen in Ochsenhausen wurde verkauft, die Mobilien zu Gelde gemacht. — Mit 600 Thalern in den Händen richtete nun Herr Rindvigius seine neue Hofhaltung ein. Er schafte vor allen Dingen ein schönes Ehebet an, ohngeachtet sein Fikchen in der ersten Woche der Ehe noch gar keine Luft bezeugt hatte, den kleinen Magister an sich zu lassen. Er kaufte Tische, Stühle, Schränke nach modernen Geschmak. Er ließ von Hammelburg für 100 Thaler Flor, Karakaffen und all den Schnubeleyen kommen, welche als Materialien zum Puzmachen für sein Fikchen er= forderlich waren. Er beschenkte seine Geliebte mit zwey neuen seidnen Kleidern. Mit einem Worte, er konsumirte glüklich das väterliche Erbtheil bis auf 150 Thaler, welche er nebst jenen Geräthschaften mit nach Laugenheim brachte.

D. Ungeschoren hatte sich seit dem Abzuge des Magi= sters weiter nicht um ihn bekümmert und wuste bis jezt kein Wort von alle dem, was sich bisher mit ihm ereignet hatte. Selbst seinen ehelichen Einzug in Laugenheim erfuhr er nicht.

Die neuen Eheleute bezogen ihre Wohnung und fingen an zu essen, zu trinken und zu schlafen. Sie waren so ziemlich vergnügt, ausser daß es dem Herrn Magister nicht behagen wollte, daß sein Fikchen fortfuhr eine standhafte Abneigung gegen den Beischlaf zu bezeugen. Er bewunderte zwar ihre große Keuschheit, fand es aber doch äuserst un= billig, daß ihre Tugend ihm lästig werden sollte.

Magister Rindvigius warf sich ins Zeug. Er ging auf alle Straßen aus, um sich Arbeit zu suchen. Er fand sie. Man gab ihm Hefte in Menge zum Abschreiben, und er brachte es jeden Tag, wenn er von früh bis in die Nacht saß (er schrieb schön aber langsam) auf $3^{1}/_{2}$ Groschen Laugen= heimer Münze.

Fikchen freute sich über den Fleiß ihres Mannes, aber sie schien nicht Luft zu haben, ihn nachzuahmen. Indessen fanden sich junge Officiers bei den jungen Eheleuten ein, welche Fikchen zu gefallen das Glück hatten. Diese lasen ihr den ganzen Tag schöne Bücher vor und schaften ihr so vollkommne Unterhaltung, daß der Herr Magister gar nicht nöthig hatte, sich um sein Fikchen zu bekümmern. Zulezt thaten die Herrn ihm gar den Antrag, daß sie bei ihm am Tisch gehen wollten. Herr Rindvigius war vergnügt, daß er auch als Speisewirth etwas verdienen konnte und ließ Fikchen die Gäste bedienen.

Ein Acciseinnehmer that ihm den Antrag, daß, wenn er sich auf die Probe geben wolle, er ihm einen Dienst verschaffen würde. Der Magister nahm das Anerbieten an, schrieb ihm einen ganzen Monat und — bekam keinen Heller Bezahlung und — eben so wenig einen Dienst. Dafür war aber Fikchen in diesen vier Wochen mit ihren Tischgängern desto vergnügter. Die Herrn kamen nicht von ihrer Stube. Der eine borgte sich von des Herrn Gemahls Geldern 30 Thaler. Und beide blieben die Zeche schuldig bis — die 150 Thaler, welche Rindvigius von Ochsenhausen mitgenommen hatte, aufgezehrt waren.

Nun stellte sich das liebe Hauskreuz ein, welches den Ehestand zu begleiten pflegt. Es fehlte an Geld, die Küche zu bestreiten. Der Magister hatte vier Wochen einem Kniker umsonst gearbeitet. Fikchen hatte statt Puz zu machen, die obgedachten Materialien unter der Hand vermeubelt. Man fing an, Wäsche, Zinn u. d. zu versetzen. Und in wenig Wochen kamen die neuen Eheleute so weit herunter, daß ihr ganzer Besitzstand, an ohngefehrem Werth, auf 120 Thaler zusammengeschmolzen war.

Jezt gedachte Magister Rindvigius an seinen alten Wohlthäter den D. Ungeschoren. Eines Abends um acht Uhr, da sich kein Mensch mehr einen Besuch versahe, pochte etwas an des Doktors Thüre. — Herein! — Ei was der tausend! Ist es Ihr Geist, oder sind Sie es selbst? Wo in aller Welt kommen Sie wieder nach Laugenheim?

Der Magister erzählte jezt dem Doktor den ganzen Verlauf seiner bisherigen Ehestandsgeschichte und bat ihn flehentlich um guten Rath, wie er sich bei diesen bedenklichen Zeitläuften helfen solle?

Doktor: Mein lieber Magister, Sie dauern mich. Ich höre aus Ihrer ganzen Erzählung, daß Sie geprellt sind. Ihr Weibchen ist allem menschlichen Ansehn nach eine Hure, die Sie —

Rindv. (einfallend.) Ei bewahre Gott, lieber Herr Doktor. Es ist das tugendsamste Weib von der Welt. Denken Sie nur, sie hat mich gar noch nicht einmal zuge=lassen. Sie macht sich aus dieser Sache gar nichts.

Doktor: (lächelnd) Armer Mann. Eben das sollte Sie überzeugen. Sie verekelt Sie, stellt sich gegen die Sache gleichgültig, um Sie blind zu machen, und genießt desto mehr bei andern, die ihr besser gefallen, als Sie.

Rindv. O lieber Herr Doktor, Sie versündigen sich. Warlich meine Frau ist unschuldig.

Doktor: Und hat sie wohl die Herrn Officier den ganzen Tag bei sich, um mit ihnen zu beten?

Rindv. O das sind lauter liebe brave Herrn, die meiner Frau gute Bücher vorlesen, wo sie alles liebes und gutes draus lernen kan. Nein, Sie thun meiner Frau wahrhaftig unrecht.

Der D. Ungeschoren war nicht im Stande dem armen Rindvigius zu überzeugen, daß er betrogen sey. Er rieth ihm, das bischen was er noch hatte, zu retten und das Weib zu verlassen. Er bot ihm seine alte Station an. Aber alles war umsonst. Der Magister wollte bloß Rath und Hülfe zur Erlangung eines Dienstes. Und da ihm das der Doktor nicht geben konnte, so empfahl er sich.

Aber Fikchens Wirthschaft behielt ihren Gang. Die Officiers genossen bei ihr, so lange etwas zu genießen war und, da Fikchen und Rindvigius im Begrif waren, Punktum zu machen, zogen sie weißlich sich zurük. — Wäsche, Zinn, Kleidung und ein Theil der Mobilien war nun theils versezt, theils verkauft und — im Hause war

für dem armen Rindvigius nichts mehr zu brocken und
zu beissen.

Nun kam er zur Erkenntniß. Er trat wieder seinen
alten Wohlthäter an. Herr Doktor, ich sehe es jezt ein, daß
ich betrogen bin. Meine Frau ist eine Kanaille. Sie hat
alles versezt und verkauft und hat noch für keinen Men=
schen Puz gemacht. Ich muß verhungern. Helfen Sie mir.

Der Doktor war eine gute Haut. Er konnte keinen
Jammernden sehen, wenn ers auch noch so wenig werth
war, ohne sich bereit zu fühlen, ihm beizustehen. Wissen Sie
was, sagte er, es ist hier kein anderer Rath, als Sie nehmen
morgen zwey Soldaten und lassen alles, was Sie noch
haben, ausräumen und in meine Wohnung schaffen. So
retten Sie doch noch etwa sechzig bis achzig Thaler am
Werth. Ihr Weib mag dann laufen und klagen. Ich
will Ihre Sache schon verfechten. Sie haben bei mir, wie
ehemals freye Wohnung, Heizung, Licht, Kost, und wöchent=
lich acht Groschen. Dafür schreiben Sie mir täglich acht
Stunden. Was Sie mehr thun, ist für Sie.

Der Magister Rindvigius war froh, daß sein Magen
wieder untergebracht war. Er befolgte den erhaltnen Rath
und fing des andern Morgens an auszuräumen.

XXIII

Ein ehelicher Appendir.

Die Ehe mit der viel Ehr= und Tugendbelobten Jung=
fer Johanne Friderike Apfelin war nun so gut als
getrennt und unser Rindvigius war netto auf seine alte Jung=
gesellschaft rebucirt. Aber diese Trennung hatte noch verschie=
dene Folgen, welche der Aufmerksamkeit des Geschichtschrei=
bers eines so großen Mannes nicht entgehen dürfen.

Die erste war, daß sich die Jungefrau dem Herrn Ge=
mahl zu widersezen suchte, da er das Nest leer zu machen
begann. Ihre eignen Hände waren dazu zu zart und zu
schwach. Aber sie lief augenbliklich zu einem Advokaten, der
für solche schöne Kinder eine überaus große Empfindsamkeit
hatte, und flehte ihn um Hülfe an. Der Advokat flog zur
Laugenheimer Magnificenz, zeigte gewaltsame Beraubung des
Miteigenthums an und bat um Arrest. Der Gerichtsdiener
kam, da eben Magister Rindvigius den zweyten Transport
weg hatte, und untersagte im Namen des gebietenden Rich=
ters, alles weitere Ausräumen.

Doktor Ungeschoren rieth zum Vergleich. Rindvigius
wurde noch um die Hälfte seines Eigenthums geplündert
und das tugendsame Fikchen zog jezt, nachdem sie sich
schriftlich erklärt hatte, daß sie nichts mehr an ihn fodern
und ihn hausen lassen wolle, unter welchem Himmelsstriche
es ihm belieben würde, mit einem schönen Bette und verschie=
benen andern Mobilien und Kleidungsstüken, hocherfreut
davon.

Seyn Sie froh, sagte der ehrliche Doktor, daß Sie
die Betrügerin los sind. Sie haben noch funfzig Thaler

114

werths gerettet, welche in wenig Wochen auch dahin gewesen seyn würden, wenn Sie mir nicht gefolgt hätten. Jezt führen Sie sich so auf, daß wir zufrieden beisammen leben können und hüten sich vor dem ehemaligen Fehler, der Klatschhaftigkeit und des Branteweintrinkens, mit dem Sie mir ehemals das Leben so sauer gemacht haben.

Rindvigius versprach alles und hielt nichts. Denn es war eine eigenthümliche Eigenschaft dieses großen Genie's, daß er nur immer einen Gedanken auf einmal zum Bewußtseyn bringen konnte. Wer ihm nun jezt einen Gedanken aufzuregen vermochte, welcher auf Empfindung, Endschluß oder That wirkte, der konnte ihn zum empfinden, wollen oder handeln bringen, ohne daß irgend ein anderer Gedanke sich widersezte. Daher kam es, daß er in diesem Augenblike, wo des Doktors Ermahnungen auf ihn wirkten, von ganzem Herzen ihren Werth erkannte und ihm Befolgung gelobte und — daß er in dem folgenden Augenblike, wenn ihm einer ein Glas Schnaps zeigte und seinen Talenten dabei ein Kompliment machte, an jene Ermahnungen nicht mehr dachte und nur das Glas sahe und die Schmeicheleyen fühlte und — trank und plauderte, so viel man wollte.

Wo ein Dreyer zu gewinnen war, der ward vertrunken. Und wo ein freundliches Gesicht zu geniessen war, das seine Gesprächigkeit aufregte, da ward geklatscht und geplaudert. Der Doktor bat, warnte, — stürmte auch wohl zuweilen. Aber alles war umsonst. Herr Magister Rindvigius blieb — Rindvigius. Und wenn es ihm der Doktor einmal zu ernstlich machte, so ward er grob und insolent und gab dem Principal zu verstehen, daß er zu etwas bessern in der Welt sey, als sich für seine treuen Dienste schuriegeln zu lassen.

Der Doktor Ungeschoren war ein Determinist, der alles menschliche Beginnen für die Wirkung unwiderstehlicher Ursachen ansahe, und daher äuserst tolerant war.

Er ließ es bei kleinen Züchtigungen bewenden, wenn man ihm insultirte, machte aber keinen Menschen unglüklich, wenn er ihn auch noch so schändlich behandelt hatte. Hingegen freute er sich desto inniger, wenn ein Mensch, der ihn ärgerte, durch seine eigne Thorheiten bestraft wurde. Und in solche Strafen verfiel unser hochgelahrter Rindvigius sehr oft.

Einstmalen entdekte er beim Schlafengehen in einem Winkel eine Buteille mit Dinte, welche er im Dunkeln für rothen Wein ansahe und fühlte einen unbesiegbaren Trieb, auf Kosten des Doktors, sich ein Schlaftrünkchen zu nehmen. Der Doktor war in der Nähe. Eine Ertappung war möglich. Also mußte der Streich schnell ausgeführt werden, wenn er gelingen sollte. Frisch Rindvigius, sprach er zu sich selbst, ziehe dich bis aufs Hembde aus, stürze dann die Flasche hinter und fahre mit der Ladung schnell in dein Bett, und schnarche — so mag dazu kommen wer da will, man wird die schlafende Unschuld nicht antasten. Wie gedacht, so gethan. Rindvigius entkleidet seinen Leib, entstöpfelt die geliebte Flasche und thut drey volle Züge mit einer solchen Gierigkeit, daß er erst, da er absezen will, um wieder Oden zu holen, merkt, daß er keinen Wein getrunken hat. Ein Todesschauer überläuft ihn. Wer kann wissen, was es ist. Es könnte ja gar Gift seyn. Er sezte noch einmal an und nahm den Mund voll, und nun schmekte er das scheuslich zusammenziehende und herbe, was der Eisenvitriol, die Alaune und der Essig verursacht hatten, und spie es gegen die Wand.

Der Gedanke des Gifts war jezt der einzige in seiner Seele. Zitternd und bebend fuhr er in die Hosen und rannte ins Zimmer des Doktors. Ach lieber Herr Doktor, es wird mir auf einmal so schlimm, — haben Sie nicht ein Glas Wasser zur Hand? Der Doktor war dergleichen Auftritte schon gewohnt, mit denen Rindvigius zuweilen seine Besoffenheit bemäntelte. Er gab ihm also Wasser, ohne drauf zu achten.

Rindvigius tranks, und krechzte und legte sich zu Bette. Aber eine ganze Stunde lang dauerte noch seine Todesangst. Er glaubte vest, Gift getrunken zu haben, und fürchtete jeden Augenblik, daß nun das Gift wirken und seine Eingeweide zerschneiden würde. Endlich entschlief er, ermüdet von der Angst, mit dem Gedanken, daß es doch wohl kein starkes Gift gewesen sein könne.

Des andern Morgens trat er den Doktor an und fragte ihn mit einer recht andächtigen Mine: ob es denn wohl Mittel gäbe, ein eingeschluktes Gift wieder aus dem Leibe zu bringen? Der Doktor sahe es ihm gleich an, daß er selbst der Gegenstand der Frage war und daß diese Frage mit dem gestrigen Auftritte in Konnexion stehen müsse. Er ging also gleich nach des Magisters Zimmer, um zu sehen, ob sich Spuren von einer Vergiftung fänden. Wer hat die Wand mit Dinte besprengt? — „Ich nicht.“ — Ha! laßt doch sehen. Wer hat denn da draussen meine Dintenbulle, die ich erst vorgestern aufgegossen habe, halb ausgeleert? — „Ich nicht“ — Sie nicht? — „(grob) Ich weiß nicht was Sie wollen. Sie haben auch immer was mit mir. Ich bin, Gott weiß es, unschuldig.“ — Herr, schwören Sie nicht. Ich verzeihe Ihnen. Sie sind bestraft genug.

Rindvigius ging und ärgerte sich — so lange der Gedanke an die Ertappung nicht von einem andern verdrängt wurde und — quälte sich lange Zeit noch mit der Vorstellung, daß ein langsames Gift im Dintenpulver ihm eine Abzehrung zuziehen würde.

Aber einige Kuplerinnen seines weiland tugendsamen Eheweibes hatten indeß verschiedene Besuche bei dem Herrn Magister abgestattet und waren gegenseitig von ihm mit einigen Visiten beehret worden. Von diesen erfuhr er, daß sein Fikchen wirklich eine Hure sey — daß sie es schon seit vielen Jahren gewesen sey — daß sie sogar jetzt von dem Herrn von Blitz schwanger sey — daß aber dem allen ohngeachtet Fikchen, ein schönes, geschiktes, tugendsames und liebenswürdiges Weibchen sey, welches ihn, den Magister Rindvigius, recht von Herzen liebe, und, voll Reue und Betrübniß über alle ihre begangnen Fehler, nichts sehnlicher wünsche, als daß der Herr Magister — dessen große Talente ihr Herz unwiderruflich gefesselt hielten — ihr großmüthig vergeben, und zu ihren keuschen Umarmungen zurükkehren möchte.

Was jetzt unter allen gemeinen Menschenseelen keine einzige gedacht und gethan haben würde, das dachte und that der Originalmann Rindvigius. Sein großer Geist erhob sich über die kleinmeisterischen Vorwürfe der Hörnerträgerey, und sein unvergleichbares Herz wallte von lauter Verzeihung und Liebe. — Er sahe jetzt Fikchens Schönheit, Fikchens Talente, Fikchens Reitze in ihrem wahren Lichte. Er brannte vor Begierde, ein Meisterstük von Großmuth auszuüben. Er fühlte Himmelswonne in dem Gedanken, dem über Klatscherey und Schnapsbulle ewig moralisirenden Doktor den Stuhl vor die Thüre setzen zu können. Er lüsterte endlich nach seines Fikchens Etwas, was er noch nie gekostet hatte. Und so beschloß er — sich seinem Fikchen wieder in die Arme zu werfen.

Eines Morgens kam der Doktor von Geschäften nach Hause und fand den Magister Rindvigius unten — wie ein Reisender gekleidet.

Doktor. Wo wollen Sie hin, Herr Magister?

Rindv. (andächtig und bukmäusrig) Herr Doktor! der liebe Gott vergiebt allen armen Sündern um Christi willen ihre Sünden, auch den gröbsten. Mein Gewissen bringt mich, meiner Frau auch zu vergeben. Ich will —

Doktor. (unterdrükt sein Erstaunen) Sie wollen wieder zu Ihrer Frau. Ich wünsche Ihnen viel Glük. Ich halte Sie keinen Augenblik. Nur bitte ich, daß Sie zu mir nie wieder kommen, wenn es Ihnen gereuen sollte.

Rindv. (lächelnd und zuversichtlich) O das hat nichts zu sagen. Ich weiß gewiß, daß mein Weib sich gebessert hat. Ich werde nun recht vergnügt mit ihr leben.

Der Doktor wandte sich und ließ ihn stehen, und Rindvigius zog mit Sak und Pak zu seinem Fikchen, die ihn in kurzer Zeit vollends aufzehrte und ganz eigentlich bis zum Bettelstabe brachte.

XXIV

Der Held nähert sich der Funfzehnhundert= Thaler=Pfarre.

Fikchen war fort. Der Magister hausete für sich. Es fiel zum Unglük ein harter Winter ein und Rindvigius hatte ein Sommerstübchen bezogen, das nicht zu erheizen war. Dieß brachte ihn an die Gränzen des Lebens. Er verdiente jeden Tag mit Schreiben höchstens viertehalb Groschen und brauchte täglich, um sich vor dem Erfrieren zu schützen, für fünf Groschen Holz. Hände und Füsse gingen drauf. Er jammerte und weinte. Kein Mensch konnte ihm helfen.

D. Ungeschoren hört von ohngefehr seine traurige Lage schildern. Sein Herz wird erweicht. Er schikt selbst nach ihm, und läßt ihm seine vorige Station anbieten. Rindvigius — verzeiht großmüthig dem Doktor die leztere kalte Verabschiedung und nimmt das Anerbieten an. Es wird ihm wohl. Die gute Kost und die warme Stube erquikt ihn. Aber nur ein halbes Jahr dauerte die Freude.

Ein ächtes Genie kann sich nicht an die sklavischen Monotonien des menschlichen Lebens gewöhnen. Rindvigius fühlte das drückende des Verbots, das ihn an seinem gewöhnten vertrauten Umgange mit der geliebten Schnapsbulle verhinderte, und er konnte eben so wenig die Last des Abschreibens und den Verbruß des öftern Tadels darüber aushalten, als er sich im Stande sahe, länger sich die Aussichten zu glänzenden Ehrenstellen verdunkeln lassen. Des täglichen Rüffelns müde beurlaubte er sich abermals von seinem Prinzipal und beschloß von Stund an, sich in der Welt zu nichts

geringern als zu einer funfzehnhundert Thaler Pfarre enga=
giren zu laſſen.

Der Doktor ſah ihn mitleidig nach, da er ſeinen Weg
nach Elbhauſen nahm, um ſich zu einer geiſtlichen Be=
dienung zu melden. Als er da ankam und dem Oberhofpre=
diger Stokblind ſeine Viſite machte, gelang ihm ein Ein=
fall, der an Sonderbarkeit wohl nie ſeines gleichen gehabt hat.
Es war am Abend und der Herr Oberhofprediger hatte ſich
eben entkleidet, um auf ſeinem Sofa die ſüſſe Behaglich=
keit des Nichtsdenkens zu genieſſen. Rindvigius wurde einge=
führt und nahete ſich dem ſtolzen Manne mit einer Karrikatur
von Demuth, die ihm noch nie vorgekommen war. Der hohe
Patron, ohne ſeinen dicken und von der Orthodoxie wohl=
gemäſteten Bauch zu bewegen, ſahe ihn ſtarr an.

Stokbl. Was will Er?

Rindv. Eine gute Pfarre, Ihre Hochwürdige Magni=
ficenz!

Stokbl. Hat Er auch was gelernt?

Rindv. O ja, mit der Hülfe Gottes.

Stokbl. Nun — was macht der liebe Gott?

Rindv. Er hütet und wacht, ſtets für uns trach't,
auf daß wir ſicher wohnen.

Stokbl. Brav! Er ſoll eine Pfarre haben. Melde er
ſich zum Examen — morgen um zehn Uhr.

Jetzt heiterte ſich auf einmal der Himmel, der über un=
ſern Rindvigius bisher geſchloßt und geregnet hatte, und die
lieblichſten Sonnenblike erquikten ſeine Seele. Er that eine
Abendmahlzeit, wie ein Dreſcher, und ſchlief wie ein König.
Voll Gefühls ſeiner Kraft legte er früh ſeinen Kandidaten=
ſchmuk an, und ſtellte ſich vor den Richtern des Glaubens und
der Gelehrſamkeit.

Aber ach — daß dießmal ſein hoher Patron Stokblindius
nicht allein war! Es ſaſſen noch zwey Konſiſtorialen da, Na=
mens Hellaug und Unglaub, welche an unſerm Rind=

vigius Foderungen machten, die nicht zu erschwingen waren.

Rindvigius wuste, bey Gott, alle Theile der Theologie an den Fingern herzusagen. Er konnte die Dogmatik und Moral von Wort zu Wort auswendig. Er betete sein griechsches Testament her, wie er ehemals die Rede des Cicero pro Archia vor der Sauflinger Magnificenz recitirt hatte. Es fehlte ihm an Rechenbergs Kompendio der Kirchengeschichte keine Sylbe. Mit einem Wort, er war der gelehrteste Kandidat, der in Elbhausen erschienen war; und doch wurde er — wer hätte es denken sollen? — mit Schimpf und Schande zurükgewiesen.

Hellaug und Unglaub waren die eigensinnigsten Examinatoren, die man weit und breit finden konnte. Sobald sie dem Hochgelahrten Kandidaten eine Frage vorlegten, welche nur ein einziges Wort aus Dogmatik oder Moral enthielt, so bald recitirte er ohne Anstoß das ganze Kapitel, worinnen dieses Wort vorkam, und antwortete also weit mehr als sie fragten. Aber die Ungenügsamen waren nicht damit zufrieden. Sie wollten, Rindvigius sollte die Frage verstehn und bestimmt beantworten. Sie verlangten, daß er die Begriffe und Beweise entwickeln und Proben eignes Denkens geben sollte. Da nun diese Darlegung solcher Kleinigkeiten unserm Magister eben so unmöglich war, als es einem Baumeister seyn würde, wenn er jeden Theil, jede Fuge seines schon vollendeten und abgepuzten Pallastes einzeln vorzeigen und prüfen lassen sollte; so wurden die Examinatoren unwillig, scholten ihn einen scheuslichen Ignoranten, und wiesen ihn — runb ab.

Was half nun das bischen Sonnenschein, das gestern noch unsern Helden erquikt hatte? — Doch Rindvigius verlor den Muth nicht. Die Kindermutter hatte ihm Glük und Ehre prophezeiht. Im Kalender stands auch. Also muß es doch endlich kommen, dachte er, und wenn sich alles gegen mich empörte. Er hieng dem Hellaug und Unglaub ein Pas=

quill an die Hausthüre, und machte sich von Elbhausen, dreyßig Meilen weiter nach Sprethal, wo nach der Nachricht die ihm geworden war, so wenig Kandidaten seyn sollten, daß man nicht mehr wußte, wie man die Pfründen besetzen wollte.

In der That befand sich es so. Auf die erste Anfrage im Gasthofe erfuhr Rindvigius, daß man hier zu Lande, einen guten Kandidaten mit 1000 bis 1500 Thalern bezahle, statt daß in andern Ländern die Kandidaten so viel blechen musten, wenn sie eine Pfarrey haben wollten. Welche Freude! — Rindvigius meldet sich — wird examinirt und — es ist doch warlich zum toll werden — wird abermals abge= wiesen.

Aber hätte sich wohl jemand den Einfall träumen lassen, den der große Rindvigius nach diesem zweyten Unglüks= schlage bekam? — Er reißte von Sprethal geradesweges wieder nach Laugenheim, meldete sich bey D. Unge= schoren zum Schreibedienst, wurde noch einmal ange= nommen, klatschte und schnapste wie vorher und — — das übrige, lieber Leser, im folgenden Kapitel.

XXV

Rindvigius und der fürstliche Hof zu Schaflingen.

An einem und demselben Tage verlor der Magister Rind=
vigius seinen Schreibedienst durch das plötzliche Ab=
sterben des D. Ungeschoren und bekam dafür — die Nachricht,
daß das Pastorat in Gänsefurth vakant sey, welches netto
1500 Thlr. eintrug. Weg waren die Wolken.

Mit heiterm Geiste eilte Rindvigius auf den Fittichen
des Windes geradesweges nach Ratzeburg, welches die Residenz
des Fürstenthums Schaflingen war, um sich sogleich und
ohn alle weitere Umstände dem Fürsten selbst zu präsentiren
und sich des Pastorats zu versichern.

Der Fürst war ein guter Herr, was man so einen guten
Herrn heutzutage nennt. Er aß und trank gern was guts,
hatte einen gesunden Schlaf, und verlangte auf der Gottes
Welt weiter nichts, als daß man ihn von Zeit zu Zeit mit
einer frischen feisten Dirne versorgte, die seine schon ziemlich
erschlaffte Mannkraft amusiren konnte. Dabey war er ein
eifriger luthrischer Christ, der die Geistlichen in Ehren hielt,
und das Ansehn des Katechismus und des Gesangbuchs so hei=
lig hielt und so eifrig schützte, wie sein eignes. Der Re=
gierungsgeschäfte nahm er sich insoweit getreulich an, daß
er sich über alle Supplikken der Unterthanen und Berichte
der Kollegien und Dikasterien referiren ließ und die vom
Referenten vorgeschlagene Resolution nothdürftig leserlich un=
terschrieb. Uebrigens ließ er sich nicht gern in seiner behaglichen
Vegetirung stöhren und hatte daher schlechterdings verboten,
daß kein Unterthan und kein Mensch in der Welt vor ihm

gelaſſen würde. Nur ſeine Höflinge burften ihn ſprechen und, wer an ihm etwas gelangen laſſen wollte, mußte es burch beren Hände gehen laſſen.

Sein erſter Staatsminiſter war ebenfals ein recht guter Mann. Er hatte ehebem Mebicin ſtubirt, war hernach Schul= meiſter geworben, hatte ſich bey bem Fürſten, da einſt ber= ſelbe burch ſein Dorf reiſete, burch Prokurirung einer vor= züglich bruſtreichen Dirne beliebt gemacht, war baburch zur Kabinetsſekretairſtelle gelangt und enblich zum Miniſter er= hoben worden. Dieſer hatte jeßt bas Herz bes Fürſten ganz in ſeinen Händen unb benußte ſein Glück wie ein Weiſer: b. h. er ſchlug heimlich ſo viel Gelb zuſammen, als er aus all ben Quellen auftreibcn konnte, die in ſeinen Händen waren, ſchafte baſſelbe im Stillen auſſer Lanbes und ſeßte ſo ſich in Bereitſchaft, mit kaltem Blute auszuwanbern, wenn, bey einer Regierungsveränberung, ſein Glükſtern wankenb wer= ben ſollte. Neben der Regierung bes ganzen Lanbes beſorgte er jeßt die Amuſements bes Fürſten, unb war ber einzige Mann am Hofe, burch beſſen Hände Gnabe unb Ungnabe bes Fürſten ſtrömte.

Als Rinbvigius in Razeburg anlangte, hatte bieſer Mi= niſter eben ein neues Ebikt publicirt, in welchem ber Fürſt bey Kaſſation anbefohlen hatte, baß bas Geſangbuch, wel= ches ſein Vorfahrer eingeführet hatte, wieder abgeſchaft unb bas alte wieber zur Hand genommen werben ſollte, welches die herzerhebenden Stellen enthielt, burch welche Sr. Durch= laucht höchſtbero zuweilen ängſtlich werbendes Gewiſſen zu laben pflegte, unb barunter beſonders die Stelle im Ebikte bezeichnet wurde:

Daß auch ein Tröpflein kleine
Die ganze Welt kann reine
Ja gar aus Teufelsrachen
Frey los unb lebig machen.

Dieses Edikt fand Rindvigius im Wirthshause und gab
bey Durchlesung desselben in der Gaststube die lautesten
Zeichen seines Beifalls. Nie, rufte er aus, habe ich etwas
schöneres und erbaulicheres gelesen. Gott segne den Fürsten,
dessen Herz so erhabner Religionsgefühle empfänglich ist. O
was muß das für ein weiser Minister seyn, der seinen Fürsten
so zu berathen weiß!

Diese Worte, im Geiste der Salbung gesprochen hörte
ein Bedienter des Ministers, welcher eben sein Frühstük
da einnahm, um die Mienen und Reden der Gäste für seinen
Herrn zu erkundschaften, welche durch das neue Edikt veran-
laßt wurden.

In einem Winkel saß zugleich ein kleines Männchen,
in einem grauen Ueberrocke, mit ein paar helleuchtenden
Augen und einem biedern Air, welches sich, ganz stille hielt und
— bei der Rindvigiussischen Lobrede blos die Achseln zukte.
Es war der Kaplan von Gänsefurth, welcher im Begrif
war, sich bei Hofe zum Pastorat zu melden — ein Mann
von großer Gelehrsamkeit, schönen Kanzelgaben, unbeschol-
tenen Wandel und — ein Vater von neun lebendigen Kindern,
die er, bei seiner armseligen Kaplanstelle von 230 Thalern
nicht mehr zu ernähren im Stande war. — Rindvigius
erblikte ihn von ohngefehr, sahe ihn verächtlich an, und —
nießte

Kaplan. Wohl bekomms Ihnen.

Rindv. (der sich stolz umsieht.) Danke!

Kaplan. Sie sind wohl, um Vergebung einer der
Herrn Kandidaten, die sich zur Vakanz melden —?

Rindv. Ja, mein Herr.

Der Bediente. (frech) Sie können sich bei meinem
Herrn melden. Es wird Ihnen nicht fehl schlagen.

Rindv. O — (mit Büklingen) das weiß ich, das
weiß ich. Ich habe meine Sache gelernt. (zum Kaplan, verächtlich) Sie wohl auch?

Kaplan. Ich wills wagen. Ich stehe schon sechzehen Jahr im Amte und habe das beste Zeugniß und die einstimmige Fürsprache der ganzen Gemeine für mich

Rindv. (der noch das Edikt in den Händen hat) So so. (indem er in das Edikt sieht.) Haben Sie das schöne Edikt auch schon gelesen?

Kaplan. (seufzend) O ja.

Rindv. Nun, nicht wahr es ist vortreflich?

Kaplan. Die Ehrerbietigkeit, die ein Unterthan Landesherrlichen Befehlen schuldig ist, verbietet mir, zu urtheilen.

Der Bediente. (giebt den Rindv. einen Wink: heimlich) heute Nachmittage, um ein Uhr, wenn die Tafel vorbei ist, melden Sie sich bei mir.

Magister Rindvigius verbeugte sich bis zur Erde, begleitete den Bedienten, empfahl sich seiner Protektion, und — nahm fröhlig sein Mittagsmahl ein, voll von der entzückenden Ahndung, daß endlich einmal der Kalender eintreffen werde.

XXVI

Lob der Aufklärung.

Im festlichen Schmucke trat Magister Rindvigius in das Vorzimmer Sr. Excellenz und fand daselbst seinen hohen Patron in der Livre, der ihn versicherte, daß der Minister schon auf das vortheilhafteste von ihm prävenirt sey; in wenig Augenblicken werde er vorgelassen werden.

Rindvigius zupfte sein Kräuschen zurechte, besah sich im Spiegel, schwänzelte auf und ab und — studirte noch auf die Anrede, da schon die Thüre sich öfnete, und der Bediente ihn winkte, daß er sich nähern möchte.

Rindv. (im Hereintreten etwas othemlos) Ew. Hoch=edelgeborenste Excellenz und Gnaden — geruhen allergnädigst — zu vermerken, — daß ich — mich demüthigst unterwinden thue, — Höchstderoselben zu inkommibiren und — zu bit=ten, daß — Hochdieselben mir die Funfzehnhundert Thaler Pfarre unterthänigst zu konferiren geruhen thun und — — (stokt und zittert am ganzen Leibe)

Minister. (sehr graziös.) Kommen Sie, mein lieber Herr Kandidat, und sezen sich. Ich habe schon viel gutes von Ihnen gehört.

Rindv. (im Sißen) Ew. Exc. gehorsamst aufzu=warten.

Min. Wo haben Sie studirt?

Rindv. In Sauflingen, unterthänigst zu geruhen.

Min. O da haben Sie Gelegenheit gehabt etwas rechtschafnes zu lernen. Ich habe auch da studirt. Der würdige Geheimderath N . . . . ist mein Lehrer gewesen. Kennen Sie den? Er hat eine hübsche Tochter, die Sie werden ge=sehen haben.

Rindv. (wird tobtenblaß und zittert) gehorsamst — —

Min. Warum sind Sie so furchtsam, lieber Mann? Die Herrn Sauflinger haben ja sonst Dreistigkeit genug. (Faßt ihn bei der Hand) Seyn Sie gutes Muthes, ich bin Ihr Freund. Und wenn Sie nur einigermassen sich qualifiziren, wie ich das von Ihnen gewiß hoffe, so soll Ihnen der Dienst zu Theil werden. Es ist eine vortrefliche Stelle, die ihren Mann nicht nur sondern auch eine Frau ernährt. Und diese würden Sie nicht weit zu suchen nöthig haben.

Rindv. (fängt auf einmal an zu schmunzeln) hi, hi, hi etc.

Min. Eine vortrefliche, tugendsame und dabei sehr vermögende Person ist wirklich hier am Hofe, welche beständig den Wunsch geäusert hat, einen geistlichen Herrn zu finden der ihr gefiele, und — wenns möglich wäre, in Gänsefurth auf der prächtigen neuen Pastorwohnung mit ihm zu leben.

Rindv. (kriechend und zipperlich) Ach Ew. Excellenz setzen mich in die allerhimmlischste Vergnügtheit (küßt ihm die Hand) daß ich vor Freuden nicht weiß, was ich sagen soll.

Min. Nun, machen Sie nur, daß das Examen und die Probepredigt gut ausfällt, so sollen Sie die Pfarre mit der Knarre haben. Der Kaplan wird sich zwar auch wohl melden, aber ich werde schon sorgen daß er nicht vor dem Fürsten gelassen wird und dem mit seinen neun Kindern das Herz weich machen kann. Es ist einer von denen Menschen, die ich nicht leiden kann. Er hat eine Masse von Gelehrsamkeit in seinem Kopfe, die ihm überall das Air des Superiören giebt. Dabei hat der Mensch einen inpertinenten Stolz und Selbstdünkel, der ihn kek macht, vor dem ersten Minister zu stehen, als wenn er so gut wäre wie er. Und was mich am meisten an ihm ärgert, er ist von der Sekte, die den gemeinen Haufen aufklären und klug machen will. Und unter solchen

Leuten mag der Henker Fürst oder Minister seyn. Aber ich habe jezt den Rebellenerzeugern einen Querstrich durch die Rechnung gemacht. Ich habe ihnen das neue Gesangbuch wieder weggenommen und bald sollen sie mir ganz wieder in den alten Glauben eingeschmiedet werden. Und dann soll dem Pfaffen der Teufel auf den Kopf fahren, der sich unterstehen wird, seine superkluge Vernunft einzumischen, und dem Pöbel etwas anders zu sagen, als was ihm zu glauben vorgeschrieben ist.

Rindv. (wie aus dem Traume erwachend) Ach Sappermost das war wohl der arme Sünder, der heute im Gasthofe sich über das neue Edikt mokirte.

Min. Wars ein kleiner Mann, mit ein paar feurigen Augen?

Rindv. Ja, ja. Er sah aus wie der Hunger, aber er hatte ein paar Augen wie helles Feuer.

Min. Das ist der Kaplan. Ganz sicher. O sagen Sie mir doch, was der Mensch vom Edikt sagte.

Rindv. Ach ich mags gar nicht wiederholen. Er zukte die Achseln als ich mein Wolgefallen darüber bezeugte. Das Ding war ihm wie Knoblauch.

Min. Wart Bursche. Das soll dir eingetränkt werden. Der soll mir mit seinen neun Kindern noch betteln gehen. Solche Menschenbrut, die im Lande nichts als Rebellion stiftet, muß man von dem Erdboden vertilgen.

Rindv. (wie erschroken) Sollte der Mann Rebellion stiften?

Min. Ich meine das nicht so buchstäblich. Aber Sie begreifen doch, daß das Volk gar nicht anders im Zaume gehalten werden kan, als wenns in seiner Dummheit bleibt. Lassen Sie das Ding noch zwanzig Jahr so hingehen, daß jeder Naseweiß frey reden und schreiben und predigen darf, so wacht die verdammte Vernunft nach und nach bei dem gemeinen Volke auch auf, und es ergießt sich ein allgemeiner

9

Freiheitsinn, der wie ein Strohm alles mit sich fortreißt, was die Fürsten und Regenten bei ihrem Eigenthumsrechte über Land und Leute bisher erhalten hat.

Rindv. Ja — das ist wahrhaftig wahr. Nun an mir sollen Ew. Exc. einen treuen und gehorsamen Seelenhirten finden, der gewiß keine Rebellion stiften wird.

Min. Bins von Ihnen versichert. Geben Sie nur noch heute Ihre Bittschrift an meinen Kammerdiener ab. Ich spreche auf dem Abend den Fürsten und werde sie ihm selbst in Ihrem Namen überreichen. Morgen, denke ich, sollen Sie schon zum Examen beschieden werden. A propos, brauchen Sie lange Zeit zu einer Predigt?

Rindv. Gar keine.

Min. Wie? das versteh ich nicht. Sie werden doch ordentlich auf ihre Predigt studiren?

Rindv. Ihre Excellenz geruhen zu Gnaden zu halten. Ich kann zu jeder Stunde auftreten und die beste Predigt halten. Wollen Ew. Exc. nur zu probiren geruhen.

Min. Das ist herrlich. Ich werde den Fürsten damit ganz gewiß für Sie gewinnen, und den Kaplan abtreiben. Vielleicht werden Sie morgen früh schon aufgefordert werden, mit den Kaplan zu zertiren. Der Mensch künstelt an seinen Predigten, und kann unter zwey Tagen keine zu Markte bringen. Wenn Sie denn morgen aus dem Stegreif mit ihm auftreten, so bin ich gut dafür, daß er gegen Ihnen mit Schande bestehen wird.

Rindv. O ich will ihn aus dem Sacke hinein und herauspredigen.

Min. Schön! Morgen zu Mittage essen Sie mit mir. Die Dame, von der ich Ihnen gesagt habe, wird in der Gesellschaft seyn.

Rindv. O machen Ew. Exc. doch, daß sie früh in meine Predigt komt. Da soll sie gewiß verliebt werden.

Min. (lächelt) Sie haben viel Vertrauen zu sich selbst, Herr Magister. Ich will wünschen, daß sichs bestätige.

Rindv. (dreist) Ew. Exc. sollen mich einen Hundsvott nennen, wenn ich nicht predige, daß Ihnen 's Herz im Leibe springen soll.

Min. (klopft ihn auf die Achseln.) Nun, nur gemach. Lassen Sie sich von mir den freundschaftlichen Rath geben: nicht zu schüchtern und auch nicht zu dreist! denken Sie ein wenig dran, wenn Sie vor den Fürsten kommen sollten.

XXVII

Der Pastor Rindvigius.

Wer wird zweifeln, daß unser Rindvigius nun endlich einmahl in den Hafen des Glüks eingelaufen war? Alles vereinigte sich ja für seine Wünsche. Der Minister war für ihn eingenommen, weil er gerade einen Mann für dieses stärkste Pastorat im Lande sich wünschte, der sich von ihm blindlings leiten ließ und willig die Hand zu allen den Unternehmungen bot, welche er zu gänzlicher Vertilgung aller Aufklärung in den fürstlichen Landen, bereits projektirt hatte. Eine abgebankte Maitresse, die schon aus dem Fenster seine Waden und Lenden admirirt hatte, da er vom Minister ging, war seine Fürsprecherin. Sein rasendes Gedächtniß, und seine betäubende Deklamation gab ihm das Ansehen des größten Redners — wenigstens bei dem Pöbel hohen und niedern Standes. Und der Kaplan, welcher allein im Stande gewesen wäre, seine Hofnungen zu vereiteln, stand ihm nicht nur an äuserlicher Beredsamkeit nach, sondern beging auch jezt noch den seltsamen Staatsfehler, der unserm Rindvigius zu statten kam, und überging bei dieser Vakanz den Minister, überreichte seine Supplik unmittelbar bei dem Fürsten, und vermehrte bei diesem schlauen und allmächtigen Hofmanne die Erbitterung, welche schon Rindvigius durch die Nachricht angeflammt hatte, daß er das Gesangbuchsedikt verachtet habe.

Hart war es freylich, daß der arme Weißmann von einem Posten verdrängt werden sollte, auf welchem er so gerechte Ansprüche hatte, und den jeder ihm wünschen mußte, der Gelehrsamkeit, Rechtschaffenheit, und dem Staate geleistete Dienste zu schäzen weiß, und einen würdigen Vater von neun lebendigen Kindern für ein ganz specielles Objekt der landesväterlichen Vorsorge hält.

Wirklich war auch der Fürst schon ganz für ihm determinirt. Weißmann hatte sich erdreistet, auf dem Rath eines Freundes, den er bei Hofe hatte, gleich nach der Mittagstafel in das Vorzimmer des Fürsten sich einzubringen, und bei dem Fürsten selbst anzuklopfen. Der Fürst, der eben in seinem Zimmer auf und abgieng, um sich auf die Mittagsruhe vorzubereiten, hatte ihm die Thüre geöfnet, und auf das freundlichste empfangen. Weißmann war durch die Huld des Fürsten aufgemuntert worden, treuherzig seine Lage zu schildern, und freymüthig die vielerlei kränkenden Zurüksezungen dem Fürsten vorzustellen, die er bereits hätte erleben müssen. Und der Fürst — von Natur ein weichmüthiger und wolwollender Mensch, war bei nahe bis zum Thränen gerührt worden, und hatte die Worte so gar fallen lassen: daß es himmelschreyend seyn würde, wenn man einen solchen verdienstvollen Mann mit so viel Kindern länger ohne Unterstüzung lassen wollte.

Allein des Ministers Erscheinung bei Hofe verursachte eine plözliche Veränderung aller Wettergläser. Da ihm der Fürst die Supplik des Kaplan Weißmann einhändigte, und dabei äuserte, daß es wohl kein Bedenken haben würde, dem Supplikanten zu wilfahren, da kein würdigeres Subjekt vorhanden sey, und der arme Mann für sechzehnjährige treue Dienste es ohnehin in höchsten Gnaden verdiene, daß man ihn in dem Stand setze, seine vielen Kinder zu erziehen, so nahm er dieselbe mit dem ihm gewöhnlichen Tone der submissesten Ehrerbietigkeit an, stekte sie in die Tasche, und gab folgende Erklärung:

Ew. Durchlaucht vortrefliches Herz scheint den nöthigen Ueberlegungen zuvorgekommen zu seyn. Meine heiligsten Pflichten fodern mich aber auf, Höchstdenenselben wenigstens die Gründe pro und contra vorzulegen und mich dann den höchsten Aussprüchen mit Demuth zu unterwerfen. Ew. Durchlaucht muß ich also zuvörderst sagen, daß ein fremder Kandidat sich gemeldet hat, welcher an Gelehrsamkeit nicht nur, sondern auch vornehmlich an Kanzelgaben den Kaplan, Weißmann, unendlich überwiegt. Da ich also versichert bin, gnädigster Herr, daß Sie nur das Verdienst bei Gnadensachen in Anschlag bringen und mit unpartheiischer Strenge dasselbe zu wägen gewohnt sind, so habe ich die Supplik dieses Kandidaten angenommen, um sie Ihnen zu überreichen. Und ich glaube, es wird um so mehr der Mühe werth seyn, eine gewissenhafte Prüfung anzustellen, welcher unter beiden Kompetenten der Verdienstvollste ist, da noch verschiedene andere Punkte dazu kommen, welche dem Kandidaten, meiner geringen Einsicht nach, einen merkwürdigen Vorzug zu geben scheinen.

Der Kaplan Weißmann hat bekanntlich immer gegen die weisen und gottseeligen Verordnungen Ew. Durchl. sich wiederspenstig bezeigt und, aller an ihn ergangenen Admonitionen ohngeachtet, sich unabläßig bestrebet, die Gemeine zu Gänsefurth von der reinen evangelischen Wahrheit abwendig zu machen, und sie mit dem Gifte der Aufklärung zu inficiren. Hingegen dieser fremde Kandidat hat heute, gleich bei seiner Ankunft im Wirthshause, in Gegenwart vieler Bürger und Einwohner, dem neuen Gesangbuchsedikt eine Lobrede gehalten, welche die Herzen der Unterthanen mit neuer Verehrung und Liebe gegen Ew. Durchl. landesväterliche Veranstaltungen belebt hat; bei welcher Gelegenheit denn gegenseitig der ebenfalls anwesende Kaplan ihm sogar öffentlich widersprochen haben soll.

Fürst. (zukt die Achseln) Das ist doch betrübt, daß der gute Weißmann so unbesonnen handelt.

Min. Und zu dem allen kommt noch ein Umstand, den Ew. Durchl. wohl zu erwegen geruhen werden. Der Kandidat hat ein gefälliges Auge auf die Fräulein v. N. . . . gerichtet, und sich bereits gegen mich so geäusert, daß ich für eine Mariage mich zu verbürgen getraue. Und Sie wissen wohl, gnädigster Herr, wie schwer es jezt hält, die starke Pension fortzuzahlen, welche Sie ihr auszusezen geruhet haben.

Fürst. (reibt sich die Stirn) Ja — es wäre wahrhaftig gut, wenn wir die 2000 Thaler sparen, und das Mädchen vom Hofe los werden könnten. Sie genirt mich erschreklich.

Min. Ich gebe Ew. Durchl. mein Ehrenwort, daß der Magister Rindvigius sie heirathet.

Fürst. Aber sage Er mir, mein lieber Minister von Besenstiel, was wir dann mit dem armen Kaplan machen? Es ist doch hart, wenn wir den Mann wieder zurüksezen. Die ganze Gemeine wird darüber schreien und er selbst wird mit Fug und Recht sich über mich beklagen können.

Min. Ich bin ganz der Meinung, daß Weißmann ein verdienter Mann ist. Aber wie leicht wird es nicht seyn, ihm anderweitige Unterstüzung angedeihen zu lassen. Wenn wir die 2000 Thaler Pension los werden, so kommts ja nicht drauf an —

Fürst. (einfallend.) Er hat recht. Warhaftig, das geht recht gut an. So können wir ja auf beiden Seiten Hülfe schaffen. Sorge Er nur, daß wenn der Kandidat die Vokation erhält, der gute Weißmann zu gleicher Zeit seine Entschädigung bekomme.

Min. Ich werde es augenbliklich expediren. Aber — wollen Ew. Durchl. nicht geruhen, um der Sache doch in den Augen des vorurtheilvollen Pöbels ein besseres Ansehen zu geben, den Kaplan mit unter die Kompetenten aufzunehmen und zu befehlen, daß beide eine Probepredigt ablegen? Es klingt denn doch gut, wenn es hernach heißt, daß Ew. Durchl. demjenigen die Stelle bestimmt hätten, welcher bei der Probe sich am vorzüglichsten gezeigt habe.

Fürst. Ja, der Gedanke ist wohl gut. Aber weiß er auch gewiß, daß der Kandidat sich vorzüglich ausnehmen wird? Weißmann ist doch wahrhaftig ein Redner, der seines gleichen sucht.

Min. (lächelnd und traulich.) O das hat nichts zu sagen. Weißmann ist nur für den Kenner. Sein Aeusserliches fällt zu sehr ab. Hingegen der Kandidat ist lauter Feuer.

Fürst. Nun, wenn das ist, so bescheide er sie beide auf morgen zur Probe.

Nun war das Eisen geschmiedet. Der Herr von Pesenstiel ließ noch demselben Abend die Fürstl. Resolution expediren, daß der Magister Rindvigius und der Kaplan Weißmann beide, morgen früh, jeder einen Probesermon von einer halben Stunde, in der Hofkapelle ablegen sollten. Und da er seiner Sache gewiß war, so entwarf er zugleich ein Rescript für dem Kaplan, in welchem demselben in den gnädigsten Ausdrücken gesagt wurde, daß der Fürst seine Verdienste zu belohnen gesonnen sey und daß er sich desfalls zu einer Zulage melden solle.

Wenn Rindvigius über die Fürstl. Einladung zur Probepredigt vor Freuden ausser sich war, so hatte sich ein desto größeres Schrecken des armen Weißmanns bemächtigt. Er war wirklich ein Mann von ausgebreiteten Kenntnissen und dem lebhaftesten Geiste, aber er hatte sich einmal gewöhnt, alles was er öffentlich reden wollte, sorgfältig durchzudenken, und mit dem äuserſten Fleiße für jeden Gedanken den lichtvolſten und beſtimmteſten Ausdruk zu wählen. Daher fehlte es ihm ganz an der Gabe zu extemporiren. Und ſo mußte natürlich das Bewußtſeyn dieſes Mangels ihn ängſtigen, und zur abzulegenden Probe untüchtig machen.

Rindvigius that eine herrliche Abendmahlzeit und ſchnapſte ſich den Kopf ſo warm, daß er von neun Uhr des Abends bis früh um acht Uhr des ſüſſeſten Schlafes genoß. Weißmann hingegen ſaß die ganze Nacht und dachte und ſchrieb und ängſtete ſich ſo, daß er früh wie eine Leiche ausſah und all ſein bischen Lebhaftigkeit vollends dahin war.

Der Kaplan trat zuerſt auf und legte eine Predigt ab, von welcher freylich der Kenner geſtehen mußte, daß ſie mit der ganzen Kraft des geübteſten Geiſtes gearbeitet war. Aber die äuſſerliche Beredſamkeit fehlte ganz. Sein Körper war zu abgemattet. Nur eine einzige Stelle gelang ihm ſo, daß ſelbſt dem Fürſten eine Thräne entfiel.

Rindvigius hingegen hatte ſich aus einer Poſtille eine Predigt aufs Reformationsfeſt ausgeſucht, in welcher gezeigt wurde, wie wichtig es für ein Land ſey, wenn die reine Lehre aufrecht erhalten würde, und wie viel die Unterthanen einem Fürſten ſchuldig wären, der ſie beſchützte und vor dem Sauerteige der Vernunft bewahrte. Er ſtürzte ſich aus dem Bette in ſeine Kleider, riß die Predigt aus der Poſtille, las während, daß Weißmann perorirte, ſie durch, und hielt ſie hernach mit ſolchem Geſchrey und ſolchen Grimaſſen, daß der Pöbel Maul und Naſe aufſperrte und der Fürſt wie begeiſtert wurde.

Min. (noch in der Kirche zum Fürſten) Nun wie hat mein Kandidat Ihnen gefallen, gnädigſter Herr?

Fürst. Das ist wahr, so was hab ich in meinem Leben nicht gehört.

Die Vokation lag schon parat. Der Herr von Besenstiel präsentirte dem Fürsten zuerst das Rescript für den Kaplan, wo ihm zu einer Zulage Hofnung gemacht war, und dann sogleich die Vokation für den Magister Rindvigius. Und Se. Durchlaucht schrieben unter beide Papiere ihren werthesten Namen. — Der Kaplan schlich sich, nach dem Empfange dieses trostlosen Wisches, mit betrübtem Herzen wieder nach Gänsefurth und sammlete seine letzte Kraft, sein jammerndes Weib und seine weinenden Kinder zu trösten. Und Rindvigius stolzirte im Wirtshause — als Besitzer des ersten Pastorats im Lande.

XXVIII

Plötzlicher Sturm im Glückshaven.

Es ist doch sonderbar, daß in der Welt kein Glük ohne Unglük und kein Unglük ohne ein Glük ist. Ueberall findet man Gutes und Uebel in Mischung. Unser Rindvigius machte jetzt von dieser Wahrheit eine traurige Erfahrung.

Er hatte die Vokation zum Gänsefurther Pastorat erhalten und war bey der Tafel des Ministers mit solchen Ehrenbezeugungen überhäuft worden, als ihm in seinem ganzen Leben nicht wiederfahren waren. Und selbst die schöne Dame von N . . . . . hatte augenbliklich ihre mit Schminke verkleisterte Runzeln ihm so eigen gemacht, daß er schon sechs Tage nach seiner Standeserhöhung das Beilager mit ihr celebrirte.

Aber leider — dauerte die Freude die ihn jetzt begeisterte, da er unter Ministern und Räthen umherschmaußte und zechte, nicht länger als vier Wochen. An demselben Tage, an welchem er sein Examen überstehen sollte, um den Sonntag drauf in Gänsefurth feierlich introducirt zu werden, thürmten sich plötzlich alle Unglükswolken über ihm zusammen und drohten, das ganze Gebäude seiner Glükseligkeit wieder zu zerstören.

Der zurükgesezte Kaplan hatte zwar mit der seltensten Gedult und Standhaftigkeit sein Schiksal ertragen und auch nicht mit einem lauten Worte die Ungerechtigkeit gerüget, welche der Fürst an ihm begangen hatte. Aber eben diese bewundernswürdige Sanftmuth vermehrte die Zahl seiner Verehrer und feuerte ihren Unwillen an, den sie über das alzugroße Glük des Fremdlings empfanden. Im ganzen

Lande hörte man laute Misbilligungen. In Gänsefurth wurden öffentliche Pasquille auf dem Minister angeschlagen. Und in Ratzeburg selbst stekten alle heimlichen Feinde dieses fürstlichen Günstlings die Köpfe zusammen und rathschlagten, wie sie diese Schandthat, wie sie es nannten, rächen und — wo möglich — noch vereiteln wollten.

Man suchte in Gesellschaften von dem gesprächigen und offenherzigen Rindvigius, dem man, wie die Leser schon wissen, mit einem Gläschen Schnaps alle Geheimnisse seines Herzens herauslocken konnte, seine Herkunft und vorige Lebensgeschichte zu erforschen. Und da er allen und jeden, die ihn fragten, sein vitae curriculum beichtete, so flogen gleich in der ersten Woche seines Aufenthalts in Ratzeburg Briefe nach Ochsenhausen und Sauflingen, welche alles vollends erkundschafteten, was er selbst noch auf dem Herzen behalten hatte.

Während dem, daß diese bedenkliche Korrespondenz über unsern Rindvigius geführt wurde, bemüheten sich seine Feinde zu gleicher Zeit in Ratzeburg diejenigen Konsistorialen zu gewinnen, welchen das Examen des neuen Pastoris übertragen worden war. Einer darunter war ein vorzüglich heller Kopf und ein heimlicher Feind des Ministers. Und dieser nahm es, nachdem er den Magister Rindvigius gesprochen und vorläufig auf dem Zahn gefühlt hatte, ganz allein auf sich, ihn als den trübseligsten Ignoranten aufzustellen und seine Untüchtigkeit augenscheinlich zu machen.

Unter diesen Veranstaltungen zum Verderben unsers Helden rükte endlich der Tag heran, an welchem er die Beweise seiner hochgerühmten Gelehrsamkeit ablegen sollte. Rindvigius war gutes Muths. Aber der Minister, der die schwache Seite seines Lieblings im ersten Augenblicke ergattert hatte, fand es nöthig, durch seine persönliche Gegenwart im Konsistorio, die Examinatoren in Respekt zu setzen, und alle etwanige Versuche, seinen Magister Rindvigius zu ängsten, auf der Stelle zu hintertreiben.

Das Examen eines Hauptpastors, das eigentlich nur ein Colloquium genennt wurde, pflegte in Ratzeburg öffentlich gehalten zu werden, so, daß Standespersonen aller Art sich einfinden und mit zuhören konnten. Die Konsistorialstube wurde also, da Rindvigius auftrat, und der Minister den Akt mit seiner Gegenwart feierlich machte, gerammelt voll Menschen.

Der erste Examinator fieng mit einer lateinischen Rede Rede an und theilte in derselben verschiedene Pillen aus, die Rindvigius nicht verstand und der Minister verschlukte. Sobald die Rede geendigt war, fuhr er fort, lateinisch zu reden und theilte dem vocirten Pastor die Materie mit, über welche das Colloquium gehalten werden sollte. Und im Augenblik fieng unser Rindvigius an, das ganze Kapitel seiner Dogmatik zu recitiren, aus welchem dieselbe genommen zu seyn schien. Der Examinator wollte dieses sinnlose Ge= wäsch unterbrechen: aber der Minister verlangte, daß man den Mann ausreden lassen sollte und bezeigte seine Be= wunderung über die Menge der Sachen, die dieser gelehrte Kandidat so aus dem Stegreif herzusagen wuste.

Aber der Examinator war keinesweges damit befrie= diget. Er wollte nun ein förmliches Gespräch über das hergebetete Kapitel der Dogmatik einleiten und fieng an, dem Kandidaten einen Einwurf mitzutheilen. Und nun zeigte sichs, leider Gottes, daß Rindvigius auf solche Dinge gar nicht eingerichtet war. Er verstand nicht einmal den latei= nischen Diskur des Examinators und verursachte durch die Antwort, die er auf den Einwurf ihm gab, und die weder einen vernünftigen Sinn hatte noch einen einzigen gram= matisch richtigen Ausdruck enthielt, ein allgemeines Gelächter unter der ganzen Versammlung.

Der Minister legte sich drein und verbat sich laut das Lachen der Zuhörer. Aber er konnte damit seinen Rindvigius nicht retten. Beide Examinatoren mochten ihm vorsagen, was sie nur wollten, so zeigten seine kauderwelschen Repliken, daß er sie schlechterdings nicht verstand, und keinen einzigen gesunden Gedanken und keine einzige Zeile ohne die schreklichsten Donatschnitzer hervorbringen konnte.

Rindvigius und der Minister fiengen am Ende beide an, Angstschweiß zu schwitzen. Und jemehr der eine Examinator, welcher sich für seinen Repuls verbürgt hatte, das merkte, desto heftiger setzte er dem Kandidaten zu, und drang mit Fragen und Zweifeln so lange auf ihn los, bis er ihn völlig verwirrt gemacht hatte. Und nun hub er an, mit ihm deutsch zu reden, damit das Auditorium sehen mußte, daß er auch in deutscher Sprache keinen gesunden Gedanken zu Tage bringen konnte.

Das Gespräch wurde also beschlossen und der Kandidat mußte seinen Abtritt nehmen. Es sollte votirt werden. Der Minister wollte die Examinatoren beschuldigen, daß sie den Kandidaten zu strenge behandelt hätten. Aber der eine stellte seinen Mann, und sagte dem Herrn v o n B e s e n-
st i e l ins Gesicht, daß in Ratzeburg noch kein Kandidat mit einem solchen Grade von Ignoranz und Stupidität erschienen sey und — daß e r für seinen Posten sichs zur Sünde rechnen müsse, bey Besetzung eines solchen Pastorats, einen Kandidaten mit dem Zeugnisse der Tüchtigkeit zu versehen, welcher nicht werth wäre, den geringsten Schulmeisterdienst zu erhalten.

Dieses dreiste Votum gab den Ton an. Alle geistliche und weltliche Beisitzer des Kollegii stimmten einmüthig, daß der Magister Rindvigius zu dem ihm übertragenen Amte untüchtig sey und — daß das Kollegium an Se. Durchl. pflichtmäßig darüber berichten müsse.

Der Herr von Besenstiel biß vor Zorn die Zähne zusammen, wagte es aber doch ngicht, dem Kollegio jetzt öffentlich zu widersprechen. Er konformirte sich vielmehr selbst den einmüthigen Votis der Konsistorialen, stekte aber das darüber aufgenommene Protokoll in die Tasche, mit dem Vorsatze, die Sache bey dem Fürsten so vorzutragen, wies seinem Plane zuträglich war.

Aber in dem Augenblicke, da man den Minister sich des Protokolls bemächtigen sahe, trat ein Advokat herein, welcher eine Requisition der Sauflinger Universität producirte, in welcher das Ratzeburger Konsistorium ersucht wurde, die laut beiliegendem Protokolle und Zeugenverhör durch den Magister Rindvigius geschwängerte Anne Rosine Birkin mit ihrer Bitte zu hören und den Herrn Magister zur Alimentation des Kindes und Nachzahlung der Deflorisations- und Niederkunft-Kosten anzuhalten.

Bey diesem Auftritte wurde der Minister leichenblaß. Man ließ den Kandidaten hereinkommen. Rindvigius zitterte wie ein Espenlaub. Er wurde befragt, ob Anne Rosine Birkin in Sauflingen seine Aufwärterin gewesen sey? ob er ihr fleischlich beigewohnt habe? — Und da er in der Bestürzung alles bejaht hatte, wurde ihm befohlen, wieder abzutreten.

Allein dieses verhinderte nicht, daß alsobald die viel Ehr und Tugendbelobte Jungfer Johanne Friederike Apfelin, welche mit dem Mariechen, die des Herrn Magisters Dienstmagd in Ochsenhausen gewesen war, sich einstellte: Letztere bat um ebenfalsige Alimentation ihres Kindes, damit der Herr Magister in Ochsenhausen sie beehrt hatte und erstere bat um die Scheidung des Herrn Magisters von dem Hochwohlgebornen Fräulein von N . . . . . und legitimirte sich als seine ihm angetraute Ehefrau.

Keine Feder mags beschreiben, was jetzt in den Herzen dieser zahlreichen Versammlung vorgieng. Rindvigius fieng

an, wie ein Schulknabe zu gronsen. Der Minister ver=
stummte. Die Konsistorialen sahen einander an. Jeder Zu=
hörer fühlte stille Freude über den Triumph, den der ehe=
liche Weißmann erhielt.

Endlich stund der Minister auf, rieb sich die Stirn,
befahl alles vorgegangene zu protokolliren, und an ihm
zum Vortrag bey dem Fürsten zu remittiren, gab dem
Magister einen Wink ihm zu folgen, und nahm mit einer
erzwungenen Gelassenheit seinen Abmarsch.

XXIX

Practica est multiplex.

Rindvigius siegt.

Min. (im Zimmer auf und abgehend und schäumend vor Zorn.) Herr, Sie sind der infamste Hallunke auf Gottes Erdboden. Der Teufel muß sie hieher geführt haben, mich vor aller Welt zu schanden zu machen.

Rindv. (auf den Knieen) Ach Ihre Hochedelgebornste Excellenz — ich — bitte — (weint und kann nichts heraus=bringen.)

Min. Ich thue ihn den Henker auf sein Geflenn. Wäre nicht des Fürsten und meine Ehre im Spiel und — rührte mich nicht das rechtschafne Weib, das ich Ihm habe antrauen lassen, ich ließ Ihn, bey Gott, in ein Loch stecken, wo Er zeitlebens kein Tageslicht mehr zu sehen be=kommen sollte.

Rindv. Ew. Excellenz wollen sich doch gnädigst zu erbarmen geruhen —

Min. Jetzt geh Er mir aus den Augen, und laß Er mich allein. (klingelt. Zum Kammerdiener) Nehm Er den Menschen mit auf sein Zimmer und lasse Er ihn nicht aus=gehen, auch keine Seele mit ihm sprechen. Hört Er? —

Der Kammerdiener gieng mit dem armen Sünder ab, und der Minister warf sich in seinen Sorgestuhl, um dem Dinge nachzudenken. Nach einer halben Stunde stand Er haftig auf, schlug ein Schnipchen, und sagte bey sich selbst: der Plan ist fertig, so muß es gehen!

Er rufte seinem Sekretair. — Sind die Protokolle vom Konsistorio eingelaufen? — Auf Bejahung dieser Frage zog er das schon bey sich habende aus der Tasche, und gabs dem Sekretair mit den Worten: „dieses Protokoll „und alle die Sie vom Konsistorio erhalten haben, schreiben „Sie sogleich um, und ändern Sie dahin ab, daß der „Magister Rindvigius n i c h t s e i n g e s t a n d e n habe, son= „dern alle die Weibspersonen, die gegen Ihn aufgetreten „sind, als von seinen Feinden erkaufte Betrügerinnen ange= „sehen habe. Wenn Sie damit fertig sind, so setzen Sie „eine recht rührende Supplik im Namen des Magisters „auf, in welcher Er bei dem Fürsten gegen die Weibes= „personen klagbar wird, um ihre Arretirung bittet, und die „eklatanteste Genugthuung fodert. Zulezt sezen Sie einen „fürstlichen Befehl zur Verhaftnehmung besagter Frauens= „personen auf und machen, daß das alles längstens gegen „Abend in meinen Händen ist. Aber — die heiligste Ver= „schwiegenheit! bei Kopf und Kragen! Hören Sie? — „(ruft ihn nach, da Er schon fort ist.) „Gehen Sie doch „gleich zu meinem Kammerdiener, den ich den Magister be= „wachen lasse, und sagen Ihm, daß er ja keine Seele „zu ihm läßt. Der Mensch ist so horndum, daß Er „allen Leuten beichtet, was Er auf dem Herzen hat. Und „instruiren Sie mir zugleich den Magister, wie Er, bei einem „etwa anzustellenden Verhöre, aussagen soll.“

Jezt fieng das Antliz Sr. Excellenz wieder an, sich zu erheitern. Er ging mit einer gewissen Selbstzufrieden= heit in seinem Zimmer auf und ab, und freute sich, daß er jezt einen unzerstörbaren Plan angelegt hatte, seinen Rindvigius zu retten, und über die Konsistorialen zu tri= umphiren.

Aber er hatte diese Ruhe noch keine Viertelstunde ge= nossen als sein Kammerdiener herein stürzte und Ihm mel= dete, daß Gänsefurther Bürger angekommen wären und in den Wirthshäusern auf den Minister und den neuen Pastor loszögen und — daß die ganze Bürgerschaft im Anmarsche sey, um den Fürsten selbst anzutreten, gegen den

Rinvigius förmlich zu protestiren, und um die Ertheilung des Pastorats an den Kaplan Weißmann zu bitten.

Min. Dem Kaplan soll der Teufel in den Leib fahren. Um so eines Bettelbubens willen so viel Lermen! Wart, ich will die Gänsefurther Canaille nach Hause schicken. — Hol er mir gleich den Major v... Sag Er, Er müsse den Augenblik kommen. Hört Er? — (Pause. Für sich) Wenn mir der Fürst nur nicht gerade an die Fenster kommt, wo das Gesindel herzieht. Ist das nicht schon die verdammte Folge von der Aufklärung? Da schwazt man den Hunden von Rechten der Menschheit und eblem Freyheitssinn und Patriotismus und solchen Narrenspossen vor, und da will denn gleich jeder lumpigte Bauer und Bürger mit dem Kopfe durch und seine Rechte behaupten und sich nicht mehr kommandiren lassen. Wart nur! Ich will Euch dressiren wie die Hunde und Euer Aufklärer soll mit samt seinen Kindern vor Hunger krepiren.

Major. (im Hereintreten) Allerunterthänigster Diener! Ihre Excellenz haben geruhet —

Min. (einfallend.) Geschwind, liebster Major, nehmen Sie Ihre Kompagnie zusammen, lassen jeden Purschen zwey Patronen geben, und rücken ans Gänsefurther Thor. Das Lumpengesindel hat sich von dem Kaplan Weißmann zu einem kleinen Rebelliönchen bereden lassen. Marschiren Sie ihnen beherzt entgegen, und sagen ihnen, der Fürst wäre schon von allem benachrichtiget, und ließe ihnen sagen, daß sie augenbliklich wieder nach Hause gehen sollten, und daß man Feuer auf sie geben würde, wenn sie noch einen einzigen Schritt vorwärts thäten. Hören Sie? — Und wenn ein Racker sich rippelt, so lassen Sie gleich einen Burschen Feuer auf ihn geben. Es ist nichts daran gelegen, wenn auch ein baar Hunde erschossen werden. Ich muß gleich zum Fürsten. Richten Sie Ihre Ordre gut aus, sonst riskiren Sie die Kassation.

Der Major gieng. Die Gänsefurther wurden epussirt. Der Fürst erfuhr kein Wort, bis des folgenden Tages bei Tafel eine Prinzessin, deren Kammerfrauen Ihr etwas von der Geschichte erzählt hatten, den Fürsten fragte, wie die Sache abgelaufen wäre? wo denn gleich der Minister das Wort nahm und lachend berichtete, daß einige Gänse= further in einem hiesigen Wirthshause sich besoffen und Lermen angefangen und von der Wache nach Hause trans= portirt worden wären.

Und mit eben der Leichtigkeit überwand der Herr von Besenstiel auch alle übrige Hindernisse. Er übergab dem Fürsten die Klage des Pastor Rindvigius, beredete den Fürsten, den Verhaftsbefehl zu unterschreiben, ließ die sämt= lichen Frauenzimmer vier Wochen bei Wasser und Brod ohne Verhör sitzen und in scheuslichen Löchern schmachten, ver= anstaltete durch Unterbediente, daß der Stokmeister sie durch Vorspiegelung schreklicher Strafen ängsten mußte, welche sie zu befürchten hätten, wenn Rindvigius sich losschwören sollte, brachte dadurch die unglüklichen Geschöpfe so weit, daß sie ihre Klage zurüknahmen und nur um ihre Ent= lassung flehten, und ließ sie bei der Nacht über die Gränze bringen.

Von dem Examen erstattete er dem Fürsten folgen= den Rapport: Rindvigius habe zum Erstaunen aller Zu= hörer ganze Stellen aus lateinischen Büchern hergesagt und habe mit dieser alzugroßen Gelehrsamkeit die Examinatoren in Verlegenheit gesezt. Diese wären dadurch tükisch gemacht worden, hätten den Kandidaten mit den ausstudiertesten Subtilitäten chikanirt und ihn dadurch in eine ebenmässige Verlegenheit gebracht. Dieses hätten sie als einen Beweiß angenommen, daß der Kandidat nicht Kenntnisse genug be= sitze. Und nun habe man klärlich eine durch den Kaplan Weißmann veranstaltete Komplotirung gesehen. Die Stim= menmehrheit sey im Augenblicke gegen den Kandidaten ge=

wesen, und das Konsistorium habe beschlossen, ihn abzu-
weisen, und den Kaplan an seine Stelle zu empfehlen.

Da der Fürst diesen Bericht hörte, ward er aufgebracht und verlangte, daß augenbliklich die Konsistorialen nach
Hofe gefodert und tüchtig ausgescheuert werden sollten. Ich
will die Herrn lehren, sagte er, gegen Ihren Fürsten Kom-
plotte machen. Gleich schicke er hin, und laß Er mir Sie
alle hieher bringen. Ich will Ihnen die Köpfe waschen,
daß Sie an mich denken sollen.

Min. Ew. Durchl. halten mir zu Gnaden wenn ich
diese Strenge wiederrathe. Es macht zu viel Aufsehn, wenn
ein ganzes Kollegium gleichsam öffentlich gezüchtiget wird,
und der Zweck der Strafe wird dennoch nicht erreicht, weil
jeder Einzelne sie eben darum nichts achtet, weil sie
das ganze Kollegium traf. Im Gegentheil sieht man die
Sache als ein Märtyrerthum der Wahrheit an und thut
sich etwas drauf zu Gute für die standhafte Erfüllung
seiner Pflicht gelitten zu haben.

Fürst. Er hat Recht. Aber was machen wir mit den
Leuten? Ich kann ihnen doch diese Bosheit nicht so unge-
nossen ausgehen lassen.

Min. Wenn ich mein unmasgebliches Gutachten sagen
soll, gnädigster Herr, so würde die Vereitlung Ihrer Kabale
die empfindlichste und zugleich wirksamste Strafe für sie
seyn. Man lasse Ihre komplottirte Stimmenmehrheit gel-
ten, ignorire die ganze niederträchtige Geschichte, und gebe
Ihnen auf Ihren Konsistorialbericht die Resolution: „daß
„der Pastor Rindvigius, weil seine Kenntnisse nicht hin-
„reichend befunden worden, zu fortgeseztem Fleisse im Stu-
„diren alles Ernstes ermahnt und angewiesen werden solle,
„sich binnen Jahresfrist wieder zum Examen zu stellen.‟

Fürst. (freundlich.) Der Einfall ist gut. Wirklich.
Das gefällt mir. Da sind die Komplottisten um Ihr ganzes
Dessein geprellt, und können doch nicht über Gewalt schreien.

Min. Und mit dem Paſtor können wirs hernach immer machen wie wir wollen. Er kann, wenns Jahr um iſt, und er einmal veſt ſitzt, ohne Bedenken vom Examen diſpenſirt werden.

Fürſt. Aber von dem Kaplan ärgert michs doch, daß Er ſo hämiſche Streiche macht.

Min. O das iſt ein äuſſerſt malitiöſer Menſch, wie die ſogenannten Aufklärer alle ſind. Sie ſähen lieber, daß man alle Fürſten abſezte und ſie zu Ariſtokraten machte. Ew. Durchl. ſollten ihn wegen der verſprochenen Zulage billig nun ein wenig zappeln laſſen.

Fürſt. Ja das ſoll auch geſchehen. Er ſollte wenigſtens ein halbes Jahr drauf warten, wenn mich nur ſeine lieben Kinder nicht dauerten.

Nach dieſer Unterredung eilte der Miniſter, alles, wozu er den Fürſten beredet hatte, auf das vortheilhafteſte expediren zu laſſen. In die Reſolution fürs Konſiſtorium ſezte er noch eine Art von Wiſcher, für die chikanöſe Behandlung des Kandidaten im Kolloquio.

Hierauf nahm er den neuen Paſtor mit ſeiner Hochadelichen Frau Gemahlin und introducirte Ihn, von einer Kompagnie Soldaten begleitet, in eigner hoher Perſon.

XXX

Seltenheiten.

Nie war wohl eine stillere Einführung eines Pastors in Gänsefurth erlebt worden. Man hatte wegen der allgemeinen Erbitterung gegen den Magister Rindvigius, welche die allgemeine und enthusiastische Liebe für dem Kaplan erzeugt hatte, eine Art von Tumult befürchtet, und deshalb die Soldaten mitgenommen. Und es war, bei der Ankunft des Ministers, in der ganzen Stadt eine Art von Todtenstille. Kein Mensch ließ sich auf der Straße sehen. Der Kaplan lag krank. Der Bürgermeister war verreißt. Die meisten Rathsherrn medicinirten. Kurz, es waren etwa vier Personen auf dem Rathhause, da der Minister auffuhr und den neuen Pastor anstellte. Und den Sonntag früh, in der Anzugspredigt, erblikte man funfzehn alte Weiber und einige Tagelöhner.

Der Herr von Besenstiel war vergnügt, daß die Sache ohne Blutvergiessen abgelaufen war, und reißte den Sonntag nach der Mahlzeit wieder zurük, nachdem er dem neuen Herrn Pastor allerlei freundschaftliche Ermahnungen zurükgelassen hatte. Und Rindvigius fühlte jezt in den Armen seiner ablichen Dame, und in dem Besize der fettesten Pfründe und prächtigsten Wohnung eine Seligkeit, die nur ein grosses Genie fühlen kann, welches so wie das Rindvigiussische über alle Ehre und Schande sich empor geschwungen hat.

Indessen hatte die ganze Bürgerschaft sich beredet, von dem neuen Pastor auch nicht den allergeringsten Gebrauch zu machen, d. h. nicht in die Kirche zu gehn wenn er pre=

bigte, nie bei ihm zu beichten, und — selbst auf der Straße ihn nicht anzusehen und zu grüssen.

Rindvigius erfuhr und empfand in der ersten Woche nichts von dieser Gährung, weil er sich zu Hause hielt und blos mit der Einrichtung seines Hauswesens beschäftiget war. Aber den nächsten Sonntag, da er seine zweyte Predigt that, ward es Ihm doch ein wenig merklich, da theils alle Menschen auf dem Wege Ihm auswichen, und ohne den Hut abzunehmen vor ihm vorbei gingen, theils die Kirche so leer war, daß er mit dem Schulmeister und den Schülern allein Gottesdienst halten muste.

Seine Dame fühlte diese Schmach inniger als er. Sie weinte bei der Zurükkunft aus der Kirche bittere Thränen und drang in ihren Gemahl, Mittel zu ergreifen, durch welche die Gemüther wieder besänftiget und seine pastoralische Ehre wieder hergestellt werden könnte. Sie stellte ihm dabei auf das nachdrüklichste vor, daß, durch diesen Abfall der Bürgerschaft, die ganze Hälfte der Funfzehnhundertthalerpfarre einschmelzen werde, indem der Kaplan alles Beichtgeld und alle damit verbundene Einnahme und Geschenke an sich ziehe.

Rindvigius war etwas langsamen Nachbenkens und sträubte sich lange, ehe seine hohe Gebieterin durchbringen und ihn in Thätigkeit setzen konnte. Endlich aber da sie ihn drohte, sich von ihm scheiden zu lassen, und ihre 12000 Thaler, die sie bei Hofe gespart hatte, für sich allein zu behalten, erhoben sich Sr. Hochwürden aus dem samtnen Grosvaterstuhle und resolvirten, dem Herrn Kaplan W e i ß - m a n n eine Visite zu geben, und ihn um Vermittlung anzuflehen.

Wer hätte es benken sollen, daß sich ein so großer Mann, welcher in Gänsefurth als der Grundpfeiler der reinen Lehre anzusehen war, sich gegen einen armseligen Ka-

plan, den die leidige Vernunft verpestet hatte, so demü=
thigen würde? Und — wer hätte es für möglich gehalten,
daß ein solcher kahler Vernünftler, wie Weißmann, der im
Grunde ein bloßer Freygeist war, einer so seltnen Tugend
fähig seyn würde, seinen Feind zu segnen und für Ihm
zu bitten? Und doch trafen die beiden unglaublichen Phäno=
mene in einem Moment zusammen. Rindvigius ließ sich
noch den Sonntag nachmittage bei Herrn Weißmann an=
melden und Herr Weißmann, der nur nothdürftig aus dem
Bette aufdauern konnte, empfing ihn mit einer Güte, die
ihres gleichen nicht hatte.

Weißm. Willkommen, mein werthester Herr Amts=
bruder. Ich freue mich herzlich, daß wir beide heute unserer
Gemeine ein Beispiel der Versöhnlichkeit und der Bruderliebe
geben können, das ihr so nöthig ist. Ich bringe Ihnen das
aufrichtigste Herz entgegen, und versichere Sie, daß ich eine
rechte veste Eintracht unter uns um so eifriger wünsche,
je gewisser es ist, daß wir dann recht mit vereinigten Kräften
bei unserer Gemeine werden gutes stiften können.

Rindv. (pinselhaft und stolz) Es ist mir lieb, Herr
Kaplan, Sie wieder aufzusehen. Ich komme, Ihnen meine
Visite zu machen und Ihnen zu sagen, daß wir gute Freunde
seyn wollen, wenn Sie die angestiftete Rebellion wieder gut
machen.

Weißm. (etwas zurükfahrend) Wie? Wäre es mög=
lich, daß Sie mich einer so schändlichen Seuche beschuldigen
könnten? Ich versichere Sie, bei Gott, daß ich so wenig
an allen ihren Beunruhigungen schuld bin, daß ich vielmehr
seit dem Tage, an welchem mir das Pastorat vom Fürsten
abgeschlagen und eine Zulage dafür versprochen wurde, mit
Absicht mich inne gehalten, und ausser meinen Amtsverrich=
tungen, keine lebendige Seele gesprochen habe. Und ich kann
getrost jeden einen boshaften Verläumder schelden, der mir

nachſagt, daß auch nur ein Wort über meinen Mund gekom=
men iſt, was irgend einen Menſchen hätte geneigt machen
können, ſich Ihrer Beförderung zu widerſetzen. Vielmehr
— ich habe durch meine vertrauteſten Freunde alles nur
erſinnliche gethan, um die erhitzte Bürgerſchaft zu beſänfti=
gen, und ſelbſt Ihre Examinatoren zu bewegen, von Ihrer
Abweiſung abzuſtehen, und Sie nicht weiter zu beſchimpfen.
Und wenn Ihnen daran gelegen iſt, lieber Mann, ſo ſchaffe
ich Ihnen ſchriftliche Beweiſe, daß ich allein Urſache bin,
daß nicht das ganze Konſiſtorium in corpore nach Hofe
gegangen, und dem Fürſten, durch Darlegung der wahren
Umſtände, bewogen hat, Sie zu verabſchieden.

Rindv. Das hätten Sie gethan? der Miniſter hat
mir doch Sie als einen ſehr böſen Menſchen beſchrieben?

Weißm. (lächelnd) Ich freue mich über Ihr treu=
herziges Geſtändniß und bedaure das Herz des Miniſters.
Das Zeugniß, was Ihnen ganz Gänſefurth von mir ablegen
wird, ſoll meine ganze Vertheidigung gegen dem Staats=
miniſter ſeyn.

Rindv. (pinſelhaft) Nun wollen wir denn gute Freunde
ſeyn?

Weißm. Wie ich Ihnen ſchon geſagt habe. Es iſt
der heiſſeſte Wunſch meines Herzens. In meiner Seele
iſt und war nie ein Funke von Groll und Rachſucht. Hier
haben Sie meine Hand. Ich erkenne Sie für meinem lieben
Amtsbruder und verſpreche Ihnen, Sie durch die That
zu belehren, daß Sie an mir einen ehrlichen Mann gefunden
haben.

Rindv. (kriegt ihn plump beim Kopf.) Nun, ſo
ſeys drum, lieber Herr Bruder, wir ſind Freunde.

Weißm. Ich wünſchte nur, daß Sie gleich auch Ihre
liebe Frau mitgebracht hätten, damit unſere beide Familien
ſich —

Rindv. (einfallend) o, o, o, o, das geht ja nicht, Herr Bruder, meine gnädige Frau kann ja nicht die erste Visite machen. Sie hat gesagt, daß sich die Frau Weiß= mann bey Ihro Gnaden anmelden lassen müßte.

Weißm. (lächelt) Nun, wir wollen diese weibliche Schwachheit übersehen. Meine Christel soll morgen Ihre Schuldigkeit beobachten, ohngeachtet es sonst Regel ist, daß der, welcher an einem Ort kommt, dem den ersten Besuch ablegen muß, mit dem er Freundschaft halten will.

Rindv. Aber, Herr Bruder, nun müssen Sie auch die Gänsefurther wieder klug machen, daß das Grobzeug mir nicht mehr aus der Kirche bleibt.

Weißm. Seyn Sie versichert, ich werde alles thun, was in meinem Vermögen steht.

XXXI

Weiberkabale.

Unser Rindvigius war wirklich der Mann, deſſen Nei=
gungen und Empfindungen nie Folge eignes Denkens
waren, ſondern der von jedem Gegenſtande, welcher Gedan=
ken in ihm aufregte, abhieng, um zu Neigung oder Abnei=
gung beſtimmt zu werden. Wenn der Miniſter zu ihm
ſprach, haßte er den Kaplan. Und wenn der Kaplan ihm
freundlich zuredete, war er ſein wahrer Freund.

So muß man ſichs erklären, wenn man jetzt unſern
Rindvigius als den guten Bruder ſeines vor kurzen noch ſo
wütend gehaßten Gegners erblikt. Er beſuchte jetzt faſt alle
Tage den Herrn Weißmann, nörgelte ſeiner Frau Gemahlin
ſo lange die Ohren voll, bis ſie bey der Frau Kaplanin den
Gegenbeſuch ablegte und lebte mit ihm ſo bieder und herz=
lich, als ein Freund mit ſeinen beſten Freunden zu leben
pflegt.

Und Weißmann — war die großmüthigſte Seele von
der Welt. Er duldete nicht nur den fadeſten, gröbſten, unflä=
tigſten und geiſtloreſten Geſellſchafter mit der ſeltenſten Nach=
ſicht, ſondern er that auch alles mögliche, um die allgemeine
Verachtung die dem Rindvigius drukte, zu mindern und ihn
mit der Gemeine wieder auszuſöhnen. Er gieng, ſobald
es ſeine Geſundheit geſtattete, von Haus zu Haus und bat
jeden Bürger auf das beweglichſte, ſeinem Grolle gegen den
Paſtor zu entſagen, beſchrieb ihn jedem als einen recht guten,
verträglichen und rechtſchafnen Mann, lobte ſeine Predigten
und verſicherte überall, daß er ſelbſt gar keinen Antheil habe
an alle dem, was ſeine (des Kaplans) Zurükſetzung verurſacht
hätte. Und auf dieſe Art brachte ers ſo weit, daß der

Paſtor Rindvigius nicht bloß Zuhörer und Beichtkinder be=
kam, ſondern daß auch viele Bürger, welchen ſeine thea=
traliſche Kanzel=Beredſamkeit gefiel, ſeine wärmſten Freunde
wurden.

Er that noch mehr. Er ſezte ſich ſtundenlang zu dem
Paſtor und erſchöpfte alle ſeine Kraft, um in ſeinem Genie=
vollen Hirnſchädel deutliche, beſtimmte und geſunde Begriffe
hinein zu trichtern und brachte es wirklich, durch ſeine
auſſerordentliche Gabe ſich herabzulaſſen, ſo weit, daß Rind=
vigius mehr als einen Begrif zuſammendenken und ſo wohl
im Amte als in geſellſchaftlichem Leben Spuren von ſchlich=
ten Menſchenverſtande zeigen konnte, da er bisher — bloß
Genie geweſen war. — Wie viel Dank war ihm nicht Rind=
vigius ſchuldig? — Er wird ja?

Was meinen Sie, lieber Herr Amtsbruder, fieng einſt
Weißmann an, da ihn eben die ſchreklichſten Nahrungsſorgen
ängſteten, ob ich mich beim Fürſten um eine Zulage melde?
Ei haben Sie denn das noch nicht gethan? erwiederte Rind=
vigius. Sie haben ja ein Dekret darüber, daß Sie ſich melden
ſollen? Wiſſen Sie was, ich reiſe ſelbſt nach Ratzeburg und
trete den Fürſten darum an. Freylich, entgegnete Weiß=
mann, würde das eine weit beſſere Wirkung thun, als wenn
ich bloß ſupplicirte. Und es würde vor der ganzen Welt Ihrem
Herzen Ehre machen, wenn Sie dieſem Schritt für mich
thäten.

Rindvigius glühte von dieſen guten Gedanken, den
zu faſſen, er nur erſt durch den Umgang mit einem weiſen
und tugendhaften Mann fähig worden war. Er eilte nach
Hauſe, und machte Anſtalt zur Abreiſe.

Aber die Frau Paſtorin geruhte plötzlich eine Gegenordre
zu ertheilen. Sie war von Sr. Excellenz unter der Be=
drohung, daß es um ihr Kapital geſchehen ſeyn würde, auf
das allerſchärfſte befehligt, ihren Stoknarren, wie er ihn
nennte, auf das ſorgfältigſte zu beobachten, und ihn von

allen dummen Streichen abzuhalten, vor allen Dingen aber zu verhüten, daß er sich mit dem Kaplan nicht zu genau verbände und zu einer wirklichen Freundschaft gegen ihn verleiten ließe.

Sie nahm gleich nach der ersten Entdeckung des Vorhabens ihres geliebten Rindvigius die Miene und Stellung einer Kranken an, klagte über erschreckliche Kolike, über anwandelnde Ohnmachten, über Seitenstiche, über Krämpfe in der Mutter, und Gott weiß über was für andere Zufälle, und drang mit Thränen in ihren Eheherrn, daß er sie in diesem Zustande nicht verlassen möchte.

Rindvigius war augenbliklich umgestimmt. Ei mein Engelchen, warum hast du mir denn das nicht lange zu sagen die Gnade gehabt? Schon zwey Tage bist du so krank und verschweigst mirs? Ach du armes, liebes Herze! Gott bewahre mich, daß ich Dich allein lassen sollte. — Er setzte sich flugs und schrieb ein Billet an dem Herrn Bruder, daß seine Frau in höchstbedenklichen Umständen sich befände, und es unmöglich wäre, die versprochene Reise zu unternehmen; er solle nur seine Supplik an den Fürsten schicken, und er wolle an den Minister schreiben und sein Gesuch unterstützen.

Der Kaplan ahndete kein arges und schrieb. Aber die kranke Dame sammlete auch an eben dem Tage ihre letzte Lebenskraft, und schrieb dem Minister, was der Kaplan beginne, wie er ihren Mann eingenommen, sie aber ihn glüklich zu rechte gebracht habe.

Nach einigen Tagen erhielt Rindvigius ein Schreiben des Ministers, in welchem er ihn weiblich ausfilzte, daß er sich, laut eingezogenen Nachrichten, von der Schlange so überlisten ließe und — ihn alles Ernstes ermahnte, einen bloß äusserlich freundschaftlichen Umgang zu pflegen, sich aber, vor allen Religionsgesprächen mit ihm, zu hüten und sich auf keine Weise und in keinerley Angelegenheit für ihn zu verwenden, bey Vermeidung seiner Ungnade.

Da war nun auf einmal in der Rindvigiuſſiſchen Seele
anderes Wetter. Der Wind drehte ſich und es ſchien ihm
gegen die Kaplanei alles finſter zu werden. Schon beſchloß
er, das gefährliche Haus nicht mehr zu betreten. Denn eine
ſolche Gedankenerſchütterung wirkte bey unſerm Rindvigius
faſt allemal mehr als ſie wirken ſollte.

Indeß brachte ihn die gnädige Frau Paſtorin in ſein ge=
höriges Gleis. Sie kommentirte ihm meiſterhaft das Schrei=
ben des Miniſters, warnte ihn vor dem Gifte des Un=
glaubens, welches der Kaplan mit jedem vernünftigen und
deutlichen Gedanken ihm einflößte, beſchrieb ihm den Weiß=
mann als einen heimtückiſchen Menſchen, und ſetzte ihn ſo in
Furcht, daß er von dato an mit dem Kaplan von nichts als
Wetter und Küche und Schnaps und Stadtneuigkeiten ſprach,
und alle andere Unterredungen ſich mit der auffallendſten
Plumpheit verbat.

Der Miniſter hatte indeſſen die Weißmanniſche Supp=
lik dem Fürſten vorgelegt, aber dabey auch mit ſeufzender
Andacht geäuſſert, daß dieſer gottloſe Menſch bereits ange=
fangen habe, den rechtſchafnen Paſtor zu verführen, ihn
von ſeiner Treue gegen den Fürſten und die allerheiligſte
Religion abwendig zu machen und — daß nur der Tugend
und Klugheit ſeiner vortreflichen Gattin es zu verdanken
ſey, wenn ſich Rindvigius noch nicht zur Parthei der Auf=
klärer und Feinde des Chriſtenthums geſchlagen habe; —
es ſey daher höchſtnöthig, daß man den Weißmann ernſt=
lich verwarne und auf ſeine Supplik die Reſolution er=
theile, daß Er alsdenn ohnverweilt eine Zulage von 100
Thalern erhalten ſolle, wenn nach Verlauf eines halben
Jahres der Paſtor Rindvigius ſeine Beſſerung atteſtiren
würde.

Soll ich ſagen zum Glük oder Unglük — war der
Paſtor Rindvigius eben bei dem Kaplan, als derſelbe dieſe

fürstliche Resolution erhielt. Er schlug bei Lesung derselben die Hände zusammen.

Weißm. Sagen Sie um Gottes willen, Herr Amts= bruder, was ich von Ihnen denken soll? Wie können Sie noch Ihre Augen gegen mich aufschlagen — ich möchte hinzusetzen, wie können Sie noch einen freudigen Blik zum Himmel richten, und an den Gott denken, den Sie anbeten, und — dabei so scheuslicher Verleumdungen sich bewußt seyn?

Rindv. (erschrocken) Was denn? was wollen Sie denn von mir haben? Ich weiß ja von gar nichts. Ich habe Sie ja, hol mich der Teufel, nicht verläumdet.

Weißm. (jammernd) O lesen Sie doch hier, Mann mit der frechen Stirne, lesen Sie hier Ihre Schande.

Rindv. (lieset) Davon verstehe ich kein Wort.

Weißm. Herr schämen sie sich ins Herz hinein. Wer kann denn anders mir diesen Verweiß und diese im Grunde abschlägige Antwort zugezogen haben, als Sie? Von wem konnte der Fürst und der Minister es wissen, daß wir uns über die Religion unterredet hatten, als von Ihnen? Und ist Ihr neuliches plumpes Verbot, Sie je wieder über solche Materien zu unterhalten, nicht der deutlichste Beweiß, daß Sie mein Verläumder waren?

Rindv. Herr ich will keinen Theil an Gott haben, wenn ich einem Menschen eine Sylbe davon gesagt habe, was wir mit einander gesprochen haben, als meiner Frau. Und diese steht weder mit dem Fürsten noch mit dem Mi= nister im Briefwechsel.

Weißm. Ach vielleicht in einem genauern als Sie wissen. Aber sollte Ihre Frau —

Rindv. Ich sage Ihnen Herr Bruder, daß mein Weib so unschuldig ist, wie ich.

Weißm. Aber so erklären Sie mir doch diesen Ver= weiß. Wie soll denn der Fürst drauf kommen, mich Ihren Verführer zu schelden. (Er weint.)

Rindv.: Ich kann Ihnen nur wiederholen, Herr Bruder, daß ich von nichts weiß! Der leibhaftige Satan muß dahinter stecken!

Weißm.: (kläglich) Ach — ach? — Was soll ich denn nur jetzt beginnen? In einem halben Jahr verhungern mir meine Kinder!

Rindv.: (mitleidig) Mein Gott, wenn ich Ihnen helfen könnte —?

Weißm.: Lieber Bruder —? (sieht ihn zweifelnd an).

Rindv.: Nur damit Sie sehen, daß ich kein Intriguant bin — —

Weißm.: Wollen Sie einen nachträglichen Bitt= gang zu dem Fürsten wagen?

Rindv.: (unsicher) Nein — nein — das nicht —

Weißm.: (enttäuscht) O, o, o — lieber Bruder —

Rindv.: (schnell) Aber ich schieße Ihnen die hundert Thaler vor!

Weißm.: Bester Freund! (Umarmt ihn.) Welche schändliche Kabale wollte uns trennen?

Rindv.: Eine, die den wirklichen Rindvigius nicht kannte! (mit frommem Augenaufschlag) Gott wird die Sünder strafen: (holt seine Brieftasche hervor) Hier, Herr Bruder, da sind gerade noch hundert Thaler!" In seiner Wonne, den Wohlthäter spielen zu können, vergaß er, sich daran zu erinnern, daß die gnädige Frau Pastorin ihm diese Summe übergeben hatte, um ihre Rechnung beim Goldschmied zu bezahlen!

Weißm.: (gerührt) Tausend Dank, lieber Bruder! Jetzt kann ich doch vorläufig meine Kinder versorgen! Wie wird sich meine Frau freuen!

Pastor Rindvigius hatte es jetzt etwas eilig, den lieben Amtsbruder zu verlassen, weil ihm alle seine Sünden einfielen. In der Verlegenheit kaufte er für das wenige Geld, was er noch besaß, seiner gnädigen Frau eine Haube, wie sie das Herz einer Schlächtermadame entzükt haben würde.

Die Gnädige, welche ihre reparierten Juwelen, aber keine Haube erwartete, empfing den Eheherrn zuerst sehr freundlich, wurde dann jedoch recht ungnädig.

„Rindvi—gius —" fragte sie mit einer Betonung, die ihn entsetzte: „Warum bist Du anstatt zum Goldschmied zum Putzhändler gegangen? Bin ich Dir etwa nicht mehr jung und schön genug?

„O, mein Engel!" rief Rindvigius: „Welch ein Gedanke! Ich habe noch nie ein holderes Weibchen gesehen, als Dich!" Und er schloß ihr gerade in dem Augenblick mit einem Kuß den Mund, als sie nach den hundert Thalern fragen wollte.

Die gnädige Frau Pastorin hatte indessen eine feine Witterung, daß irgend etwas nicht in Ordnung war.

„Du bist wohl bei Weißmann gewesen?" erkundigte sie sich.

„Ja, mein Liebchen!" antwortete Rindvigius, mit seinen Zärtlichkeiten eifrig fortfahrend: „Der Familie geht es zum Erbarmen!" Und bei dem zwanzigsten Kuß fand er plötzlich den Mut zu dem Geständniß, daß er die hundert Thaler dem nothleidenden Amtsbruder geborgt hatte.

„Rindvi—gius!" sagte da die gnädige Frau Pastorin mit furchtbarem Ernste, indem sie sich aus den Armen ihres erschrockenen Eheherrn riß: „Die hundert Thaler muß ich sofort zurückhaben oder — ich lasse mich von Dir scheiden!"

———————

XXXII

Ein schwerer Schritt.

Minister von Besenstiel hatte gerade dem Fürsten einen Vortrag gehalten und sich durch die rechte Thür des Saales zum Gehen gewendet, als durch die linke ganz formlos und höchst aufgeregt der Pastor von Gänsefurt hereinstürzte.

„Was will er denn?" fragte der Fürst befremdet.

„Rindvigius! Rindvigius!" stellte sich der Pastor vor: „Ich bitte Euer fürstliche, allerdurchlauchtigste Gnaden mich einen Augenblick anzuhören!"

Der hohe Herr lächelte etwas eigenartig: „Ja, ja, ich besinne mich —" sagte er: „Mein Minister —"

In diesem Moment hatte sich Herr von Besenstiel wieder in den Saal zurückgewendet.

„Rindvigius!" rief er, ohne sein Entsetzen ganz verbergen zu können: „Was will er hier?"

„Eine Fürbitte für meinen armen Amtsbruder Weißmann thun!" erklärte der Pastor von Gänsefurt tapfer: „In einem halben Jahr ist seine ganze Familie verhungert!"

„Weißmann hat selber Schuld, daß es ihm so geht!" sagte der Minister kalt: „Er ist ein Irrgläubiger! Schon einmal habe ich ihn vor der näheren Bekanntschaft gewarnt, Rindvi — gius!"

„Ja, ja, Euer Gnaden!" Der Pastor nickte demütig mit seinem dicken Bauernkopf: „Aber —"

„Vielleicht hat sich Weißmann gebessert," meinte der Fürst, bereits zur Milde geneigt.

11*

„Mit nichten!" Herr von Besenstiel schüttelte finster das Haupt: „Er arbeitet fortgesezt daran, seine gefährliche Gesinnung weiter zu verbreiten, in der Meinung, denn doch noch Pastor von Gänsefurt werden zu können!"

Fürst: Das wäre ja unerhört!

Rindv.: So schlimm ist es wirklich nicht, Euer fürstliche, durchlauchtigste Gnaden! Aber — (sehr verlegen) ich — ich habe dem Weißmann hundert Thaler geborgt und — und — die gnädige Frau Pastorin will sich deswegen von mir scheiden lassen, weil ich das Geld nicht wieder kriegen kann!"

„Rindvi — gius!" Dem Minister entfiel seine Rolle vor Schreck und der Fürst sank in einen Sessel.

„Mich mit solchen Intimitäten zu belästigen!" murmelte er, sein parfümiertes Taschentuch an die Lippen pressend.

Der Pastor von Gänsefurt verstand kein Wort und warf nur einen hilfeflehenden, begütigenden und verzweifelten Blick auf den Minister.

„Weißmann gehört demnach in den Schuldturm!" erklärte Herr von Besenstiel streng: „Aber er — Rindvi — gius — er gehört wahrhaftig ins — Narrenhaus! Ich werde beides veranlassen!"

„Nicht so!" Der Fürst erhob sich plötzlich: „Wir wollen Gnade walten lassen — ausnahmsweise — vielleicht bessert es doch den Sünder! — Wir befehlen dem Weißmann eine lebenslängliche Zulage von zweihundert Thalern zu gewähren — auf die Fürbitte seines Amtsbruders, des Pastors von Gänsefurt hin — auszahlbar sofort an diesen selbst!"

Was blieb dem Minister übrig, als den Edelmut seines hohen Herrn zu preisen? Er that es innerlich wütend, während Rindvigius ehrliche Freudentränen weinte und die Hände des Fürsten mit Küssen bedeckte.

„Ein wahrer Chrift thut auch feinem Feinde Gutes!"
ftammelte er fchluchzend: „Der liebe Gott vergilt es!
Meine gnädige Frau wird glüklich fein, wenn —
wenn fie ihre hundert Thaler wieder hat!"

Bei der Erwähnung der gnädigen Frau bekam
der Fürft zum zweiten Mal einen leichten Nervenanfall
und feine Blicke flehten den Herrn von Befenftiel an:
„Befreien Sie mich doch bloß von diefem Rindvi - gius!"

Der Minifter verftand: „Komm er nur gleich mit,
Paftor, Sr. allergnädigften Durchlaucht Schatullenmeifter wird gerade noch anzutreffen fein!"

Rindvigius war fehr erfreut. Er vergaß ganz die
Abfchiedsverbeugung vor dem Fürften und verließ in
einem förmlichen Polkafchritt den Saal. Als ihm
dann der Schatullenmeifter die 200 Thaler für Weißmann wirklich auszahlte, war er überglüklich und ließ
den Refpekt fo weit außer acht, daß er Herrn von
Befenftiel umarmte.

„Was ift das für ein Allotria!" fagte diefer
ärgerlich: „Mäßige er fich mal! Was er heute an-
gerichtet hat, hätte ihm den Kopf koften können, wenn
der Fürft nicht gerade gut gelaunt war. Er ift ein
Stocknarr, der fein eigenes Glück mit Füßen tritt!
Beftändig muß ich ihm aufpaffen!"

„Taufend Dank für Euer allergnädigfte Exzellenz
unmenfchliche Güte!" rief der Paftor von Gänfefurt
fo laut, daß es die fämtlichen, fürftlichen Bedienten
hörten, welche gerade in der Nähe waren: „Ich bin
und bleibe eben ein echter Rindvigius!"

„Allerdings!" gab Herr von Befenftiel fpöttifch
zu: „Ich möchte ihm auch raten, diefe Selbfterkenntniß
in Zukunft recht fleißig zu üben! Ebenfo, der gnädigen
Frau von mir einen Gruß zu beftellen. Sie hat
keinen Scheidungsgrund!"

„Nicht mehr! Nicht mehr!" Rindvigius begann vor Freude zu hüpfen, wie ein Schuljunge.

„Verliere er nur nicht ganz den Kopf und seine Perrücke dazu!" mahnte der Minister strenge: „Die Bedienten mokieren sich sonst und meinen, der geistliche Herr hat getrunken!"

Jetzt war Rindvigius beleidigt. Ihm fiel seine Schreiberstelle bei Doktor Ungeschor ein, wo er geklatscht und geschnapst hatte, aber der Herr von Besenstiel konnte doch davon nichts wissen.

„Ich bin ein so nüchterner Mensch, Exzellenz!" beteuerte er.

„Hm! Hm!" Der Minister räusperte sich etwas: „Jedenfalls, wenn er jetzt nach Hause fährt, nehme er sich wohl in acht — besonders auch im Umgang mit Weißmann!"

„Ganz, wie Euer Exzellenz befehlen!" sagte der Pastor demütig.

Beide standen jetzt allein vor dem Palast des Fürsten.

„Dann höre er — schloß Herr von Besenstiel seine Ermahnung salbungsvoll: „Versteh er mich recht, Rindvigius, — nur wegen seiner wahrhaftigen Gottseeligkeit verzeiht man Ihm manches!"

Der Pastor antwortete mit seinem frommen Augenaufschlag: „Ich werde beten: Satan, versuche mich nicht!"

XXXIII

Rindvigius seliges Ende.

Den nächsten Tag bekam Weißmann seine hundert Thaler und die beglückende Nachricht über die Verbesserung seiner Lebenslage im allgemeinen und die gnädige Frau Pastor von Gänsefurt ihre Schmucksachen.

Sie war sehr erfreut, und es hätte nun alles gut sein können, aber sie hatte dem lieben Eheherrn ein allzu schmackhaftes und reichliches Mittagsmahl bereitet.

Nach Tisch lag Rindvigius plötzlich in einem Sessel, sah erschreklich bleich aus und stöhnte.

„O, mein Magen! Mein armer Magen! Ich werde nie mehr essen können!"

Als die gnädige Frau Pastorin ihren geliebten Rindvigius so leiden sah, war sie außer sich, ließ Baldriantropfen holen und kochte ihm Pfefferminztee. Der Doktor mußte kommen. Er verordnete Ricinusöl und ließ dem geistlichen Herrn Schröpfköpfe auf sein wohlgemästetes Bäuchlein setzen, aber die Krankheit wollte nicht weichen.

Als der Sonntag kam, mußte Weißmann seinen Amtsbruder vertreten und die Kirche war zum Brechen voll.

„Gottes Mühlen mahlen langsam!" sagten Weißmann's Freunde und die Feinde des guten Rindvigius bedeutungsvoll mit einem Blick nach der Kanzel.

Inzwischen war aber doch gerade eine leichte Besserung in dem Befinden des Pastors von Gänsefurt eingetreten. Ein wundervoller Schweinebratenduft, der aus der Küche kam, zog dem geistlichen Herrn in die Nase. Er erhob sich vom Bette und überraschte seine Frau an der Tafel im Speisezimmer.

S i e: Aber Männchen, ich denke, Du schläfst?

E r: Ich habe geschlafen! Jetzt hungert mich! Ich will essen!

S i e: (erfreut) Das ist ja sehr schön! Ich bringe Dir gleich Dein Hafersüppchen!

E r: Danke sehr dafür! Ich will Schweinebraten essen, Kartoffeln und Gurken!

S i e: (erschrocken) Du wirst wieder krank werden, Männchen!

E r: Sage nur Rindvigius! Ich esse jetzt und wenn ich eine Stunde danach sterbe! Gib mir nur gleich die ganze Keule her!

S i e: (ängstlich) Aber Männchen, ich glaube, Du hast Fieber!

E r: Mir ist äußerst wohl! (setzt sich hin und ißt) Es schmeckt mir großartig! Da — ein kleines Stückchen will ich Dir aber doch abgeben, weil Du ein solch süßes Weibchen bist!

S i e: Mehr würde ich ohnehin nicht essen können!

E r: Die Bescheidenheit ist dein schönster Schmuck!

S i e: (zärtlich) Mein lieber Rindvigius! (besorgt) Du wirst so blaß!

E r: (kläglich) Mir ist ein wenig übel! O-o-o!

S i e: Siehst Du — ich fürchtete es! Schweinebraten ist zu schwer!

E r: O — o — o — o — mein Magen!

S i e: Komm nur schnell zu Bett! Ich setze Dir gleich ein paar Schröpfköpfe!

E r: Tue es, hilf mir! Ach — ach!

Schon nach fünf Minuten lag Rindvigius stöhnend im Bett. Dieses Mal hatte er wirklich das lezte Mal gegessen. Der Doktor konnte nicht mehr helfen.

Weißmann kam, um seinem Amtsbruder den verlangten, geistlichen Trost zu spenden. Er hatte Thränen in den Augen.

„Sie brauchen nicht zu weinen!" sagte Rindvigius seufzend: „In acht Tagen sind Sie Pastor von Gänsefurt!" Und so kam es!

An seinem Sterbebett fand sich auch der Minister ein.

„O Rindvi—gius!" sagte er nur und die gnädige Frau Pastorin weinte laut um ihren guten Eheherrn.

Weißmann hielt dem Amtsbruder dann eine sehr schöne Leichenpredigt mit der er selbst das Herz des Herrn von Besenstiel rührte und die Gänsefurter behielten ihren Pastor Rindvigius, den hochgelahrten Magister 2c. in ehrenvollem Andenken. Er war ein wirklicher, ein ächter Rindvi — gius sagten sie alle. Friede seiner Asche. — — —

www.ingramcontent.com/pod-product-compliance
Lightning Source LLC
Chambersburg PA
CBHW020007030726
47500CB00002B/477